WERTHER NIELAND

DE ONDERGANG VAN DE FAMILIE BOSLOWITS

Van Gerard Reve verscheen bij Veen:

DE AVONDEN (GEBONDEN)
WERTHER NIELAND
DE ONDERGANG VAN DE FAMILIE BOSLOWITS
TIEN VROLIJKE VERHALEN
VIER WINTERVERTELLINGEN
OP WEG NAAR HET EINDE
NADER TOT U
OUD EN EENZAAM
MOEDER EN ZOON
DE VIERDE MAN
WOLF
DE STILLE VRIEND
HET GEHEIM VAN LOUIS COUPERUS
BEZORGDE OUDERS

BRIEVEN AAN WIMIE
BRIEVEN AAN SIMON C.
BRIEVEN AAN SIMON CARMIGGELT (POCKET)
BRIEVEN AAN WIM B.
BRIEVEN AAN FRANS P.
BRIEVEN AAN GESCHOOLDE ARBEIDERS
KLEIN GEBREK GEEN BEZWAAR (POCKET)

GERARD REVE

WERTHER NIELAND

DE ONDERGANG VAN DE FAMILIE BOSLOWITS

Veen, uitgevers – Utrecht / Antwerpen

© 1949, 1946, 1990 Gerard Reve
Alle rechten voorbehouden

Twintigste druk
Omslag: Rick Vermeulen, Hard Werken
D/1990/0108/366

CIP-GEGEVENS KONINKLIJKE BIBLIOTHEEK, DEN HAAG

Reve, Gerard

Werther Nieland ; De ondergang van de familie Boslowits / Gerard
Reve. – Utrecht [etc.] : Veen
1e dr. van Werther Nieland: Amsterdam : Van Oorschot, 1949. –
(De vrije bladen ; jrg. 20, nr. 3). – 1e dr. van De ondergang van de
familie Boslowits: Amsterdam : De Bezige Bij, 1950.
ISBN 90-204-2506-4 geb.
UDC 82-31   NUGI 300
Trefw.: romans ; oorspronkelijk.

WERTHER NIELAND

Op een woensdagmiddag in December, toen het donker weer was, probeerde ik een gootpijp aan de achterzijde van het huis los te wrikken; het lukte echter niet. Ik verbrijzelde toen met een hamer enige dunne takken van de ribesboom op een paaltje van de tuinheining. Het bleef donker weer.

Ik kon niets meer bedenken om te doen en begaf me naar Dirk Heuvelberg. (Deze had, zover als mijn herinnering reikte, naast ons gewoond. Hij kon, toen hij vier jaar oud was, nog niet praten; tot zijn derde jaar had hij op handen en voeten gelopen. Ook weet ik nog hoe hij, toen we klein waren, op gestrekte armen en benen op onze keukendeur kwam aanrennen: zijn komst kondigde hij door gegil aan. Als hij daartoe werd uitgenodigd, at hij paardevijgen van de straat. Later kon hij zich nog altijd snel op handen en voeten verplaatsen en hij sprak nog niet gemakkelijk. Hij vertelde graag, met zekere trots, dat zijn tong te lang was en te los op de riem zat: ter staving van deze bewering maakte hij er hevige knallen mee. Ook op die herfstmiddag, in de achterkamer van zijn huis sprak hij nog steeds moeilijk en onduidelijk, met struikelende woordstoten. Hij was klein van stuk gebleven. Ik was toen elf jaar oud.)

Er was een geelachtig bleke jongen bij hem op bezoek,

die ik niet kende. Hij stond voor het raam en begroette mij aarzelend en schuw. 'Hij is Werther Nieland,' zei Dirk. Ze waren van een meccanodoos een hijstoestel aan het bouwen, dat ze wilden laten aandrijven door een windmolentje, maar hier waren ze in het geheel nog niet aan begonnen.

'Je kan beter eerst de molen maken,' zei ik. 'Dat is veel belangrijker. Als je weet, hoeveel kracht daar in zit, kan je pas uitrekenen hoe je de hijskraan moet bouwen. En of je een groot of een klein wiel moet nemen. Je moet trouwens,' vervolgde ik, 'iemand kiezen die de baas bij het bouwen is. Dat kan het beste iemand zijn die bijvoorbeeld naast het huis van de molen woont of vlak erbij.' Deze laatste zin sprak ik zacht uit, zodat ze hem niet konden verstaan. Er ontstond even een zwijgen, dat het kleine, donkere vertrek vulde. (Het had donkerbruin behang, alle houtwerk was donkergroen geverfd en er hingen terracotta gehaakte gordijnen.)

Terwijl de stilte voortduurde, bespiedde ik de nieuwe jongen. Hij was mager en slungelachtig van gestalte en iets langer dan ik. Zijn gezicht stond onverschillig en verveeld; hij hield zijn dikke, vochtige lippen te ver naar voren. Hij had diepliggende, donkere ogen en zwart krulhaar. Zijn voorhoofd was laag. De huid van zijn gezicht vertoonde oneffenheden en schilfertjes. Ik kreeg het verlangen hem op een of andere wijze te kwellen of geniepig te bezeren. 'Vind jij ook niet, Werther, dat we eerst de windmolen moeten maken?' vroeg ik. 'Ja, dat is goed,' antwoordde hij onverschillig, zonder mij aan te zien. 'Hij is een dier dat snoept,' zei ik bij mijzelf, 'dat weet ik.' We keken beiden, terwijl Dirk bezig was iets vast te schroeven, naar buiten in de omgespitte tuin; op de lege aarde lagen een oude wasteil en een paar verweerde planken. Er hing een nevel van vocht en neergeslagen rook tussen de daken. Ik ging dicht bij Werther staan en maakte, zonder dat een van beiden het kon zien, half ingehouden stompbewegingen in zijn richting.

Hoewel ook Dirk het met mijn voorstel aangaande de windmolen wel eens was, gingen we deze toch niet bouwen, maar bleven zonder iets te doen bijeen zitten. 'Jullie hoeven natuurlijk geen molen te gaan bouwen, als jullie niet willen,' zei ik. 'Maar dat is heel dom, want je kan er veel van leren.' Het begon schemerig te worden. 'Werther, moet je luisteren,' zei ik. 'Woon jij in een huis, waar veel wind langs komt?' Hij antwoordde niet. 'Dan kan ik je komen helpen,' vervolgde ik: 'dan maken we een molen, waar je in de keuken werktuigen op kan laten draaien. Dat kan ik best, want ik heb wel tijd. En iets beloven en het dan niet doen, dat doe ik niet.' Ik zon koortsachtig op middelen om bij hem thuis te komen.

Werther ging op mijn woorden niet in, misschien omdat ik niet luid genoeg sprak en omdat we luisterden naar vage radiomuziek, die van voor in het huis tot ons doordrong.

Het was al laat op de middag, toen we naar buiten gingen en met ons drieën voortslenterden. De straatlantarens brandden reeds. Werther verklaarde, dat hij naar huis moest; we bleven hem vergezellen. Hij woonde in een vrij bovenhuis op een hoek, waar de bebouwing eindigde en dat uitzag op de wijde plantsoenen, die zich tot aan de dijk uitstrekten.

'Ja hoor,' zei ik luid, 'als het waait is hier veel wind: dat kan ik zo wel merken. Hebben jullie een veranda?' Werther liet ons echter geen van beiden mee naar boven gaan. Toen hij al in de deuropening stond, ging ik dicht op hem toe en vroeg haastig, zonder dat Dirk het kon horen, wanneer ik kon komen om de molen te maken.

'Zaterdagmiddag mogen er jongens bij mij komen,' zei hij en sloot de deur.

Toen ik thuis kwam, begaf ik me, ter overpeinzing, in het berghok bij de tuin, waar ik geheime geschriften bewaarde. Hier schreef ik met potlood op een oud stuk pakpapier: 'Er komt een club. Er zijn al belangrijke berichten verzonden. Als er iemand is die het verpesten wil, die wordt gestraft. Zondag wordt Werther lid.' Ik borg dit velletje onder een kist bij andere beschreven papieren.

Dezelfde avond ontdekte ik in de keuken een brede bloemenvaas van helder glas zonder ribbels of bochten, die dus eigenlijk een rond aquarium was: ik mocht het voortaan als zodanig gebruiken. De volgende dag deed ik de stekelbaarsjes, die ik terstond na schooltijd was gaan vangen, erin, in plaats van ze op weg naar huis in heggen, rioolputten of op de straat te werpen, zoals ik gewoon was te doen. Ik bekeek ze door het glas, dat ze enigszins scheen te vergroten. Spoedig verveelden ze me reeds. Ik schepte ze er één voor één uit en sneed hen met een schillemesje de kop af. 'Dit zijn de terechtstellingen,' zei ik zacht, 'want jullie zijn de gevaarlijke waterkoningen.' Ik had voor de verrichting een beschutte, aan het oog van mogelijke toeschouwers onttrokken plek van de tuin uitgezocht. Ik groef een kuiltje, waarin ik de dode dieren op een rij, met de koppen er weer tegenaan gevoegd, zorgvuldig begroef: voor het dichtgooien strooide ik er bloemblaadjes van oude, vergane tulpen uit de huiskamer in.

Daarop ging ik opnieuw naar de vaart om een tweede vangst te halen. Op de terugweg scheen er regen te dreigen, die echter uitbleef. Toen ik weer in de tuin was teruggekeerd, vond ik het afsnijden van de koppen opeens een omslachtig en tijdrovend werk. Van meccanodelen begon ik dus een hakwerktuig te bouwen, waarin ik een scheermesje wilde vastschroeven; hierbij overkwam mij echter een ongeluk.

Bij het monteren schoot mijn linkerhand uit en werd de wijsvinger met kracht langs het mesje gedreven: hij werd van de top tot voorbij het midden opengesneden; de wond was diep en bloedde hevig. Ik werd duizelig en misselijk en liep naar binnen.

Mijn moeder verbond de wond. 'Het was een scheermesje,' zei ik op klaaglijke toon. 'Ik speelde er niet eens mee: Ik wou er iets van maken.' Ik begreep dat de kleine dieren, die elkaar immers alles vertelden, mij het ongeval hadden berokkend.

'Wees maar voorzichtig ermee,' zei mijn moeder. 'Ga maar niet buiten ermee lopen, als het erg koud is. Je weet wat Spaander overkomen is.'

(Dit was een kennis, die eens een soortgelijke kwetsuur had opgelopen. Hij woonde in de Vrolikstraat en leefde van het slijpen van messen en scharen en trok met een kar door de stad. Deze man had zich eens op straat bij het slijpen in zijn duim gesneden. Er heerste een felle koude, het doordrenkte verband werd hard en zonder dat hij het merkte bevror de duim, zodat hij voor de helft moest worden afgezet. Hoewel het er niets mee te maken had, vertelde mijn moeder, als ze dit gebeurde omstandig verhaalde, als toegift erbij dat zijn zoon in de enige kamer, die hun woning groot was – dit werd mij telkens weer voorgehouden – zonder zich door gepraat te laten afleiden, voor onderwijzer studeerde. 'Zie je, dat is nou flink,' zei ze dan. Ik wist dat ik, al had ons huis tien kamers bevat, nooit iets zou kunnen leren. Ik mocht iedere keer, als de man bij ons kwam, het stompje duim bezien en betasten. Hij kwam steeds alleen. 'Hij heeft een erg domme vrouw,' zei mijn moeder geregeld. Ze vertelde telkens opnieuw, dat deze vrouw door een of andere verzakking een zeer grote hangbuik had gekregen, waarvoor haar een medisch korset was voorgeschreven. Omdat ze dagelijks uit werken ging en het korset haar hinderde, had ze het niet langer dan een dag gedragen. 'Als ze de vloer dweilt, hangt haar buik op de grond,' vertelde mijn moeder. 'En ze is vierendertig jaar. Is dat niet verschrikkelijk?')

Ze hield mij het ongeluk van de duim nog eens uitvoerig voor. 'Je moet in geen geval in de kou lopen,' herhaalde ze met klem. Toen het licht begon te vriezen, wilde ze zelfs, dat ik het weekend binnen zou blijven, maar tenslotte werd er een oplossing gevonden: over het verband maakte ze een hoesje van lichtblauw flanel met twee lintjes, die om de pols werden vastgebonden. Ik begaf me nu weer uren lang in de tuin.

Het hakwerktuig voltooide ik niet: de onderdelen borg ik in krantenpapier in het berghok op. Het water in de glazen vaas was bevroren: de vissen zaten verstard in het midden, dicht bij de oppervlakte, in de ijsklomp: de vaas zelf was gebarsten. Ik bekeek de vissen nauwlettend. 'Het zijn tovenaars,' zei ik hardop, 'dat weet ik best.' Ik begroef de vaas met alles wat erin was, zo diep mogelijk. 'Ze kunnen niet meer boven komen,' dacht ik. Het was reeds Zaterdag geworden.

's Middags begaf ik me naar Werthers huis. Het vroor iets, maar het was windstil. Toen ik in het portiek stond, belde ik nog niet direct aan, maar bestudeerde de groen geverfde deur. Boven het naamplaatje, dat 'J. Nieland' luidde, zat een cirkelvormig emaille bordje met een vijfpuntige groene ster, omringd door het opschrift 'Esperanto Parolata'. Ik luisterde aan de brievenbus, maar hoorde niets dan het gesuis van de stilte. De tocht, die langs mijn gezicht streek voerde een vage, onbestemde geur aan, die ik nog nergens eerder dacht te hebben geroken; hij deed denken aan nieuwe overgordijnen, matting of stoelbekleding, maar met een onbekende bijmenging. 'Deze geur wordt door toverkracht gemaakt en in een fles bewaard,' zei ik bij mijzelf. Ik belde aan.

Een grote vrouw met een breed, bleek gezicht deed open. Ze bleef boven aan de trap staan zonder iets te zeggen of te vragen. 'Vanmiddag was het Zaterdagmiddag,' riep ik, 'en ik kon komen. Ik kom voor Werther.' De vrouw bewoog zich niet, maar knikte alleen even. Ik besteeg de trap. Toen ik boven kwam, zei ze nog niets, maar keek me slechts onderzoekend aan.

Ze zag er vreemd uit. Haar gerimpelde, ouwelijke gezicht had een mond, die zich niet geheel scheen te kunnen sluiten: er bleven grove, gele tanden zichtbaar. Ze had kleine ogen als een kip of duif: deze staarden diep uit de holten en bewogen haast onmerkbaar. De bovenste helft van haar hoofd werd omringd door vaal, pluizig haar.

'Ik ben Werther zijn moeder,' zei ze opeens, glimlachte en maakte plotseling een paar trippelende dansende pasjes op de vloer: ik dacht even dat ze struikelde, maar dit kon niet het geval zijn. Het was schemerig op de overloop, waarop deuren met geel matglas uitkwamen. Een ogenblik dacht ik dat de geur werd opgewekt om mij te bedwelmen en in een kist op te sluiten.

'Je hebt een zere vinger, zie ik,' zei ze. 'Ik zal je jas maar voorzichtig uitdoen.' Terwijl ze me hielp, maakte ze opnieuw de vreemde pasjes. 'Wie ben je nou?' vroeg ze. 'Een vriendje van Werther?' Ze pakte me in de nek vast. 'Ik ben Elmer, ik mocht vanmiddag komen, dat heeft Werther gezegd,' zei ik hees. Ik kon niet meer naar beneden, aangezien Werthers moeder voor het trapgat stond.

'Zo, heeft Werther dat gezegd?' zei ze. 'Ik heb er niets meer over te vertellen. Jullie zijn ondeugden. Ben jij ook wel eens ondeugend?' 'Ik weet niet,' zei ik zacht. 'Je weet het niet, hè?' vroeg ze. Daarbij greep ze me bij de schouders, kneep er in en gaf me een paar zachte tikken tegen mijn billen. Daarna duwde ze me voor zich uit de keuken in.

Hier stond Werther voor de ramen van de veranda-deur uit te zien. Hij at met een vorkje ingelegde mosselen uit een schaaltje. 'Ik ben Elmer, je kent me wel, ik zou komen,' zei ik snel. 'We moesten de windmolen bou-wen.'

De keuken was zeer kaal. Er stond slechts een klein houten tafeltje in.

Werther ging, zonder iets te antwoorden, voort met mosselen op te prikken en op te eten. 'Hun slurfjes zijn het lekkerste,' zei hij en hield een mossel met een bleek sliertig aanhangseltje omhoog. 'Die eet ik het laatst op.'

'Is zijn slurfje het lekkerst?' vroeg zijn moeder, die bij de keukendeur was blijven staan. 'En eet jij dat op? Wat gemeen. Hoe zou jij het vinden als ik van jou het lekker-ste opat?' Ze glimlachte en snoof. Werther staarde haar een ogenblik aan en begon te giechelen.

Werthers moeder gaf me een vork. 'Neem maar wat je lust,' zei ze. 'Je mag het slurfje eraf halen, als je het niet lekker vindt.' Hierop lachte Werther luid. Ik prikte een mossel vast, maar draaide hem bij het ophalen in een stand die verhinderde dat er een sliertje bij hing en bracht hem snel naar de mond. Hij smaakte mij niet en ik bepaalde me nu tot het opvissen van stukjes ui. Zijn moeder volgde mijn bewegingen.

'Werther, we moeten aan de molen beginnen,' zei ik, want ik wilde op de veranda komen. Hij antwoordde niet. 'Als er toevallig iemand is, die goed molens kan bouwen, moet je er gebruik van maken,' vervolgde ik. 'Het is dom om er dan niet aan te beginnen. Iemand die veel van molens weet, moet meteen de leider ervan worden.' Ik sprak zacht, omdat zijn moeder luisterde. Werther vroeg haar, of we op de veranda aan het werk mochten gaan.

'Dat kan niet,' zei ze kortaf. 'Ik wil daar geen getimmer en geknoei hebben: met al die rommel die jullie naar binnen lopen.'

'Als u uit de keuken bent, doen we het misschien toch,' zei Werther. 'Ja?' vroeg ze. 'Dan moet jij weer eens als Adam gestraft worden. En je leuke vriendje ook.' Werther bracht het begin van een glimlach voort, maar keek daarna naar de grond. Zijn moeder kwam een weinig naar mij toe en zei luid: 'Elmer,' – het verbaasde mij, dat ze mijn naam reeds had onthouden – 'het zijn zulke bandieten: het zijn echte rovers.'

Ze pakte een stuk vuil wit karton, vermoedelijk het lege overblijfsel van een scheurkalender, van de schouw, draaide het om en begon een tekst die er met inkt op geschreven stond, voor het raam te ontcijferen. 'Ik heb toen, dat is wel vijf jaar geleden, af en toe eens opgeschreven wat ze deden,' zei ze. Daarop begon ze voor te lezen:

'Terwijl ik in de keuken ben, hoor ik Werther in de tuin. Ja ja. Hij is daar met Martha. Hij schommelt. Dan wil zij er weer op en als zij erop zit, wil hij er weer op. Wat een plagerij!'

'Toen woonden we in Tuindorp Oostzaan,' merkte ze terzijde op. 'Ben je daar wel eens geweest?' 'Nee, ik ben er niet geweest, maar ik weet wel waar het is,' zei ik voorzichtig. Ze las verder:

'Overal ligt sneeuw, dus aan grappen geen gebrek. Het zijn deksele ruziemakers. Werther is de sterkste, want Martha wordt het meeste ingewreven. Ze moet het onderspit delven. Ik sta in de keuken en ik hoor en zie het allemaal, al denken ze van niet. Heus ik zie het wel. Al denken ze van niet, die bengels.'

Ze moest slecht van gezicht zijn, want ze hield het karton vlak bij haar ogen. Ze zocht het snel verder af en ging voort:

'Nu is het zomer. Alles groeit en bloeit. Werther is nu weg met Martha naar het zwembad. Ze hebben gisteren in de slaapkamer droog gezwommen. Hij heeft een zwembroek gekregen, een blauwe. Wat is hij daar trots op!'

Hier scheen de tekst afgelopen te zijn. Er viel een stilte. Werther keek naar buiten. Zijn moeder zette het karton terug, bleef even staan en zei toen opeens, terwijl ze naar de tafel keek: 'Dat vond ik leuk om op te schrijven. Het is makkelijk, want je kan het later nog eens lezen.'

'Van wanneer is het precies?' vroeg ik. 'Een jaar of vijf geleden,' antwoordde ze.

'Ja,' zei ik, 'maar staat er geen dag of datum bij?' 'Nee,' zei ze, 'het is natuurlijk helemaal voor de aardigheid. Er was laatst nog iemand en die zei, dat het heel goed was geweest om dat op te schrijven. Wie was dat ook weer, Werther?' Hij dacht na. We stonden alle drie stil.

'We gaan naar binnen,' zei ze toen. Ze duwde ons voor zich uit naar de aangrenzende kamer; er stond niets anders in dan een tafel met een pingpongnetje en vier bankjes. Ik bleef even besluiteloos staan, omdat ik niet wist of ik door mocht lopen naar de kamer aan de straat, waarvan de schuifdeuren openstonden, maar een kleine man, die daar met zijn rug naar ons toe in een rood pluchen fauteuiltje zat, wenkte ons. Het was Werthers vader.

Pas toen hij zich bewoog, merkte ik hem op. 'Jullie mogen hier best komen zitten, Werther,' zei hij, 'als je maar een beetje oplet wat je doet.' Hij had een schraal, geel gezicht met groeven en naar beneden getrokken wenkbrauwen. Zijn grijze ogen stonden moe of treurig. Hij sprak als met tegenzin, alsof het hem afmatte. Hij had smalle schouders. Ik berekende, dat hij kleiner dan Werthers moeder moest zijn.

Hij zat blijkbaar niets anders te doen dan na te denken, want er lag geen boek of krant op het ronde tafeltje voor hem en hij rookte evenmin. Ik wist niet of ik hem een hand zou geven of niet, verzette onbeholpen een paar keer mijn voeten en ging toen in een van de fauteuiltjes zitten. Werther ging bij het raam staan.

Terwijl het vertrek, dat we door waren gekomen, bijna leeg was – er lag slechts een dun matje op de vloer –, was deze kamer overvuld: er stonden wel zes opzettafeltjes met kanten kleedjes, bankjes en voetenbankjes; waar dat mogelijk was, waren gehaakte kussens neergelegd. Het behang was donker en droeg een motief van grote bruine herfstbladeren. Er hingen acht schemerlampen: twee metalen, twee gefiguurzaagde in puntmutsvorm en vier cilindervormige van perkamentpapier, beschilderd met zeilschepen. Op de schoorsteenmantel, boven de haard die door zijn warmte het kleedje deed wapperen stond, tussen drie kabouters, een herderinnetje en een paddestoel van porselein, een koperen beeld, dat een naakte arbeider met een hamer over de schouder voorstelde. 'Als jullie maar niet in de leuningen zitten te krassen met je nagels,' zei Werthers moeder. Ze keerde naar de keuken terug.

'Ben jij bij Werther op school?' vroeg zijn vader. 'Nee,' antwoordde ik, 'ik ben een vriend, geloof ik.' Op dit ogenblik brak de zon door en verlichtte scherp zijn hoofd en de dunne hals, die ook met groeven bezet bleek. Op zijn schedel werd in het midden van de beharing een dunne plek zichtbaar, waar de huid korstig en ontstoken scheen. Bij het beschouwen kreeg ik een gevoel van haat en medelijden te zamen.

Werther trad terug van het raam. 'Als ik van school kom, ga ik naar de litterair-economische H.B.S.,' zei hij. 'Wat leer je daar allemaal?'

'Veel talen,' antwoordde zijn vader. 'Voornamelijk talen.' 'Wat voor talen allemaal?' vroeg Werther verder. 'Frans, Duits en Engels,' antwoordde de man kort. Zijn handen bewogen aan weerszijden buiten zijn stoel, alsof hij aan de stof wilde gaan plukken. Ik zag, dat aan de binnenzijde van de voeten het bovenleer losliet van zijn schoenen.

'En helemaal geen Esperanto?' vroeg Werther. Zijn vader schudde alleen het hoofd.

'Wat is dat nou eigenlijk voor een taal?' vroeg ik, half aan Werther, half aan zijn vader. Deze richtte zich op en keek mij streng aan. 'Wil je het echt graag weten of ben je alleen maar nieuwsgierig?' vroeg hij. 'Als je er werkelijk belangstelling voor hebt, wil ik het je wel vertellen.' 'Ja, ik wil het erg graag weten,' zei ik.

Hij keek mij opnieuw even aarzelend aan. 'In de vorige eeuw,' zei hij toen, 'als je het precies wilt weten in 1887, heeft een heel groot man – ik bedoel niet groot in de zin dat hij lang was, maar ik bedoel flink, heel geleerd

– die heeft die taal gemaakt van een heleboel andere talen. Werther, jij weet wel, wie dat was.'

'Zadelhof,' zei Werther. 'Doctor Zamenhof,' verbeterde zijn vader. 'Lodewijk Lazarus Zamenhof. Als je er belang in stelt, kan ik je er nog veel meer van vertellen. Het was een man die in Bialystok woonde, in Russisch Polen. Daar werden wel vier, vijf talen gesproken. En hij besloot aan die verwarring een einde te maken en hij heeft toen het Esperanto, de wereldtaal, samengesteld. Hij heeft van alle talen wat genomen. "En" is "Kaj", dat is al een voorbeeld. "Kaj" is uit het Grieks genomen. Zo heeft hij dat gedaan.'

'Dat bord met die ster, op de deur, dat is ervan,' zei Werther.

'Als er iemand uit een of ander vreemd land hier komt en hij heeft Esperanto geleerd, dan kunnen we met elkaar praten en we begrijpen elkaar,' vervolgde zijn vader. 'Dat is het grote werk van doctor Zamenhof.' Hij zweeg even.

'Maar er zijn nog altijd te weinig mensen, die de handen ineen willen slaan,' zei hij nu, half voor zichzelf, peinzend. 'Want ik kom maar al te vaak kennissen tegen die me wel eens wat erover vragen. Maar als ik zeg: je moet die taal gaan leren, dan doen ze het niet. Ze vinden het te moeilijk om die woorden te leren, zeggen ze.'

Hij liet zijn handen tussen de knieën rusten en keek naar het tapijt. 'Zou jij het willen leren?' vroeg hij mij opeens. 'Ik weet niet,' antwoordde ik. 'Ik weet niet of ik het kan.' 'Je hoeft niet meteen te beginnen,' zei hij, 'maar als ik jou een brochure meegeef – dat is een soort klein boekje – dat kun je toch wel begrijpen?' 'Ik weet niet,' zei ik. 'Dat is geen Esperanto,' hield hij aan, 'maar er staat in hoe die doctor Zamenhof dat uitgedacht heeft.

Dat is heel interessant. Ik zal het je straks meegeven; maar krijg ik het van je terug? Want het kost anders, als iemand het koopt, vijftien cent.' Het leek even of hij ging opstaan om het te zoeken, maar hij bleef zitten.

'We gaan pingpongen,' zei Werther. Hij nam mij mee naar de kamer, waar we doorheen gekomen waren, trok de tafelbladen uit en nam uit een kast de bats en het balletje. 'Ik weet niet hoe het moet,' zei ik. Hij legde mij de spelregels uit, maar ik luisterde slechts oppervlakkig en tuurde zijdelings naar buiten; op een veranda aan de overkant van de tuinen liep een grote herdershond heen en weer, die af en toe blafte en telkens zijn kop tussen de spijlen stak, waarbij hij klem raakte en jankend zich weer losrukte. Ik bedacht dat hij nergens heen kon en zelfs niet over de balustrade zou kunnen springen, omdat zijn aanloop te gering zou zijn.

We begonnen te spelen. Werthers vader was blijven zitten zoals we hem hadden aangetroffen.

Toen we even bezig waren, kwam zijn moeder uit de keuken. Ze ging naast de tafel staan en volgde het balletje met haar ogen. Toen ze dit korte tijd had gedaan, ging ze grijpgebaren maken, maar pakte het juist nog niet. 'Moeder u verpest het spel helemaal,' zei Werther. Zijn moeder hield terstond haar hand in en bekeek hem met een starende blik. 'Je ziet er leuk uit, als je zo vurig speelt,' zei ze; 'je bent wel een mooi jongetje. Of een mooie jongen, zullen we liever zeggen.' Bij deze woorden hield Werther op met slaan en keek snel naar zijn vader in de voorkamer. Deze zat nog steeds roerloos, met zijn rug naar ons toe. Het balletje viel achter Werther op de grond. Zijn moeder raapte het snel op en veinsde ermee weg te lopen. Op aandringen van Werther legde ze het echter weer op tafel.

'Zoiets is wel leuk,' zei ze tegen mij. 'Ik hou net zo veel van grapjes als jullie. Als wij op straat speelden, dan deden we gek! Of dacht je van niet? Pret maken, dat kon ik voor twee. Ik ben geestelijk jong, hoor.'

Ze ontnam mij de bat en stelde zich op mijn plaats op. 'Nou ik tegen jou, Werther,' zei ze. Ze maakte snelle schuddingen met haar bovenlichaam, alsof ze naar muziek luisterde.

Ze begonnen te spelen. Nadat ze vier keer de bal had gemist gooide ze, hoewel de partij nog niet was geëindigd, de bat op tafel. 'Werther is kampioen,' zei ze; 'gefeliciteerd.' Ze trad met uitgestoken hand op hem toe, maar toen hij deze wilde grijpen maakte ze een schijnbeweging, passeerde zijn hand en greep hem even in zijn kruis vast. Hij giechelde en sprong weg. 'Jij bent fijne Werther,' zei ze. Hij was naar de schuifdeuren gesprongen en keek naar zijn vader. Deze draaide zijn hoofd om. 'Hoorden jullie dat?' vroeg hij. 'Wat vader?' vroeg Werther met angstige stem, 'ik hoorde niks.'

Er was even een stilte. Werthers moeder nam de bat en zwaaide hem luchtig heen en weer, alsof ze de muziek dirigeerde. Ik keek naar de grond. 'De kist gaat open,' dacht ik.

Er klonk buiten een soort loeiend geroep. Af en toe ging de toon omhoog. Een ogenblik dacht ik dat het een diepe toeter was, maar toen begreep ik dat het een stem moest zijn. 'Het is hier aan de voorkant, op straat,' zei Werthers vader. Hij stond op. We liepen allen naar het raam.

Op het trottoir langs het plantsoen stond een magere man met een donkergroene, harige jas. Hij had een benig, verweerd gezicht, dat een verbeten uitdrukking vertoonde. In zijn rechterhand hield hij een grote, blikken roeper: een megafoon, wist ik. Juist toen we goed en wel voor het raam stonden, zette hij hem aan de mond en stiet een langgerekt, diep geluid uit, dat als 'Hoe!' klonk. Hij draaide zijn hoofd langzaam heen en weer. Daarop riep hij: 'De oorlog nadert. Weest op uw hoede!' Meteen liep hij in snelle wandelpas weg en verdween om de hoek.

Ik wist niet of ik moest lachen dan wel bedroefd zwijgen. Wel zag ik in dat het onmogelijk moest zijn alles wat er gebeurde te begrijpen en dat er dingen waren, die raadselachtig bleven en een mist van angst deden opstijgen.

'Het is die gekke Verfhuis,' zei Werther. 'Die op het Onderlangs woont.' Zijn moeder schudde met een meewarig gezicht haar hoofd. 'Het is een ziekelijke neiging,' zei ze, 'een ziekelijke neiging.' Werthers vader zei niets en ging weer op zijn plaats zitten. Er bekroop mij een hevige vrees, dat hij nu het boekje zou gaan opzoeken. (Ik geloofde dat hij dan mij er iets uit zou gaan voorlezen, en me als ik het niet begreep, in een ton of zak zou opsluiten.)

'We moeten naar de keuken gaan,' zei ik zacht tegen Werther. 'Ik moet dringend alleen met jou spreken.' We begaven ons erheen. Er heerste stilte; alleen het gas onder een ketel suisde zacht. Ook van buiten drong vrijwel geen geluid door.

'Ik heb verschillende ontdekkingen gedaan,' zei ik. 'Jou kan ik het wel vertellen. Als je nu meteen meegaat naar mijn huis, kan ik je dingen laten zien, die erg belangrijk zijn. Ik heb ook een grafkelder, die echt is.' Ik verlangde zo snel mogelijk uit zijn huis te komen. Hij stemde toe, maar wilde eerst gaan zeggen, dat hij wegging.

'Dat moet je niet doen,' zei ik met klem, 'want het is een geheim. Dan kunnen vijanden het te weten komen en die gaan ons dan volgen.'

We daalden zonder geluid de trap af en snelden weg. Bij mij thuis slenterden we eerst in de tuin rond. De geringe wind deed de struiken bijna onhoorbaar ritselen. We gingen aan een tak van de gouden regen hangen, tot hij afbrak en plantten hem rechtop in de grond. Daarop vroeg Werther, waar de grafkelder was. Ik nam hem mee naar het berghok, waar we op een oude mat gingen zitten en hingen een juten zak voor de ingang, waardoor niemand naar binnen zou kunnen kijken. 'Dit is de grafkelder van de Diepe Dood,' zei ik. Werther zei niets en keek lusteloos in de schemer. 'We moeten de club oprichten,' zei ik. 'Dan kunnen we grafkelders maken. Want die zijn erg nodig.'

Opeens herinnerde ik me, dat ik de vorige dag een dode spreeuw had gevonden, die ik in een hoek van de tuin onder bladeren had verborgen. 'We moeten naar buiten,' zei ik, 'de plechtigheid begint.' We zochten het dode dier op, waarna ik een houtvuur aanlegde. Hierop verbrandde ik het lichaam, waaruit bruisende, bruine sappen opborrelden. Er bleef een verkoolde klomp over, die vreemd geurde; ik deed hem in een bootvormig dadeldoosje. In een aarden heuveltje, dat ik snel oprichtte, groef ik een doodlopende tunnel, waarvan ik de wanden met plankjes versterkte: hierin schoof ik het doosje naar binnen; na de opening te hebben gesloten bestrooide ik het topje van de heuvel met fijne kolenas. 'De geheime vogel is in de aarde gegaan,' zong ik bij mijzelf. Ik herhaalde deze zin vele malen, maar dorst hem niet hardop uit te spreken.

'We moeten de club oprichten,' zei ik opnieuw. 'Als

we er te lang mee wachten, zijn er al vijandelijke clubs, dat weet je ook wel.' Ik liet hem opnieuw meegaan naar het berghok, waar ik nu een kaars aanstak. Daarna schreef ik onze namen op in een oude zakagenda, die ik van onder de kist te voorschijn had gehaald. 'Nu bestaat de club,' zei ik, nadat ik onze namen langzaam had voorgelezen. 'Hij heet de Club Voor De Grafkelders, de C.V.D.G. Iedereen die lid is, in die zijn tuin kunnen we een grafkelder maken. Dat is heel belangrijk.'

'Je begrijpt wel,' vervolgde ik, 'dat er iemand de baas moet zijn, die het bijvoorbeeld zegt als er een vergadering is. Dat kan het beste iemand zijn bij wie de club is opgericht.' Werther knikte, maar ik geloofde niet, dat hij aandachtig luisterde. Ik stond op en ging tegen de muur leunen.

'Ik ben de voorzitter,' zei ik, 'dat is al opgeschreven. Jij bent de secretaris, maar dat moet geheim blijven. Jij wordt natuurlijk wel secretaris, maar de voorzitter doet alles wat er gedaan moet worden: dat is altijd zo.' Werther vroeg nu of de club zich alleen met het maken van grafkelders zou bezighouden.

'De clubleden maken ook molens,' zei ik, 'dat heeft veel met grafkelders te maken, dat begrijp je wel. Want wie een grafkelder kan maken, wie dat het eerste heeft bedacht, die is ook de baas van de molens. Als er iemand is die de club wil verpesten dan wordt zijn lul afgesneden. Ik zal nu eens precies vertellen wat voor een club het wordt.'

Ik wist echter niet meer, wat ik verder moest zeggen, zocht oude veters, verdeelde ze en stak ze aan. Na ze te hebben uitgeblazen, snoven we de geur op, die ze smeulend bleven verspreiden. Ik blies de kaars uit, zodat we in het donker door armzwaaien vurige strepen en kringen konden maken, die flauw paars licht gaven: geruime tijd bleven we zo, in gepeins verzonken zitten. Ik voelde me bedroefd. 'We moeten naar het zand gaan,' zei Werther. Hij ging Dirk afhalen.

Met zijn drieën vertrokken we.

Er was, toen we op de vlakte achter de dijk kwamen, iets meer wind gekomen, die af en toe kleine stofwolkjes opjoeg. We sprongen onder het voortlopen kuilen in en uit, waarbij we speurden naar voorwerpen, die de gravers konden hebben achtergelaten, maar er lag nooit iets anders in dan een onbetekenende plank of een half bedolven krant.

Toen we bij een ruime, vrij diepe kuil kwamen, verzocht ik hun er met mij in te gaan zitten. Het was koud; de wind duwde een wolkje zand in ons haar. 'Dit is de eerste vergadering van de club,' zei ik. 'De voorzitter gaat een rede houden.' Ik wachtte even. 'Dirk, jij moet iets zeggen en dan mij het woord geven,' zei ik, 'want je wordt de assistent-secretaris.' Hij zei echter niets en plukte aan de wortels van een grasplant. Er woei opnieuw een beetje zand op ons hoofd. 'Jij kan de assistent-secretaris worden,' vervolgde ik, 'daar kan ik wel voor zorgen. Het blijft natuurlijk geheim, want de voorzitter doet alles wat er gedaan moet worden. Je moet nu de voorzitter het woord geven.' Hij bleef zwijgen. Ik richtte nu mijn verzoek tot Werther. 'Elmer, ga je rede houden,' zei deze.

Ik stond op en begon: 'Geachte aanwezigen. De club is opgericht. Hij heet de C.V.D.G. Er is dus een club, maar daarmee zijn we er nog lang niet. Het moet niet een club worden, waar we alleen maar lid van zijn: het moet een club op voeten zijn. Aan papieren leden hebben we niets. En aan leden die als de voorzitter hun vraagt om iets te zeggen, het niet doen, daar hebben we helemaal niets aan. Die kunnen er beter uitgaan.'

'We moeten daar een boompje omtrekken,' zei Dirk, naar de plantsoenen achter zich wijzend. Hij haalde een lang, sterk touw uit zijn zak.

'Jij bent een vijand van de club,' zei ik. 'Je moet gebonden.' We vatten hem aan, sloegen de lus, die al in het touw zat, om zijn enkels en sleepten hem in de rondte. Hij betoogde met een huilerige stem, dat we hem vrij moesten laten. In plaats daarvan klommen we uit de kuil en trokken hem aan het touw over de rand. Hij begon nu, omdat het touw in zijn huid sneed, hevig te huilen, zodat we hem los4lieten en wegrenden. Toen hij ons niet achterna bleek te komen, gingen we gewoon slenteren en vervolgden onze weg over de kale vlakte.

'Het is zijn eigen schuld,' zei ik. 'Hij wil de club verpesten, want hij is de spion; dat gebeurt vaak: dat iemand eerst net doet of hij in de club wil en dan alles aan de vijand gaat vertellen.'

We kwamen nu op een moerassig stukje land, dat we de wildernis noemden. Hier maakten we in een ondiep bruin stroompje, dat uit de aarde scheen op te wellen en door een rietpoeltje in een sloot liep, een dam van stenen, zodat een vuil watervalletje ontstond. Daarna braken we hem weer af en wierpen, verborgen achter vlierstruiken, de keien naar troepjes mussen, tot we er een raakten. Het viel niet uit te maken, wie deze worp had gedaan. Hoewel het dier verpletterd scheen, bleek het, toen Werther de steen van hem af had geduwd, nog zwak te trillen. We bleven er somber naar kijken. 'Dit is de geheime vogel van de spionnenclub,' zei ik, 'want die hebben ze opgericht. Ze zijn heel gemeen: ze durven zelf niks te doen en ze sturen vogels om brieven op te halen.'

We bleven wachten om het dier, wanneer het eenmaal dood was, ter verbranding mee te nemen, maar de bewegingen hielden niet op. Tenslotte bouwde ik snel van stukjes oud riet een brandstapeltje en vroeg Werther het dier erop te leggen. 'Dit is de straf voor het bespioneren als onze club watervallen bouwt,' zei ik, toen Werther aan mijn verzoek had voldaan. Ik stak het stapeltje aan, maar de vlammen doofden telkens. Op het laatst waren al mijn lucifers op en we lieten het smeulend achter. Het begon al schemerig te worden. We liepen in een bedrukte stemming zwijgend voort.

In de buurt van Werthers huis gingen we een kleine comestibleswinkel binnen, waar Werther drop kocht. Ik wilde eerst buiten wachten, maar hij drong aan dat ik meeging. Het was er donker en het geurde er naar vochtige aarde.

Terwijl we wachtten tot er iemand naar voren zou komen kwam ik tot de overtuiging, dat achter de toonbank een luik verborgen moest zijn, dat toegang gaf tot een uitgestrekte onderaardse ruimte. Hier woonden de aardwezens, die tussen de boomwortels, die als pilaren dienden, voortslopen. Ik hield mij, zonder dat Werther het zag, met beide handen vast aan een stang langs de toonbank, opdat ik niet onverwachts, zonder dat ik me kon verzetten, onder de grond zou worden gesleept.

Eindelijk kwam er een bleke, kleine vrouw met grijs haar naar voren, die de drop ging uittellen. 'Mevrouw, moet u horen,' vroeg Werther opeens, met een trage, domme stem. 'Hoe maken ze eigenlijk drop?' De vrouw zei dat ze het niet wist.

'Drop maken ze van speciaal meel,' zei ik. 'En van kruiden die onder bomen groeien: die zijn wel het belangrijkste; want meel zit er maar een beetje in.' In werkelijkheid wist ik van de vervaardiging niets af. 'Ik vind het gek,' vervolgde ik, 'dat je dat niet eens weet. Jij bent wel tamelijk dom.'

Toen we buiten kwamen zei ik: 'Je kan in de club blijven, als je veel weet. Anders moet je eruit. Want leden die dom zijn, daar hebben we niets aan.' We zogen op de drop en slenterden zonder duidelijk plan voort. 'We moeten zorgen dat het een goede club wordt,' zei ik nog dof.

We kwamen bij het wachthuisje aan het eindpunt van de buslijn. Hier gingen we huiverend op de modderige vloer zitten en bleven geruime tijd zwijgen. Eindelijk vroeg ik, teneinde iets te zeggen, hoe oud zijn zuster was. Ik had haar nog niet gezien. 'Ze wordt negen,' zei hij. De wind was iets toegenomen en streek suizend langs de houten wanden.

'Ik heb een broer en die is van huis weggelopen,' zei ik: 'hij is op een schip.' Toen ik me ervan vergewist had dat Werther luisterde, vervolgde ik: 'Hij is net zo oud als ik.' Werther vroeg nu, waarom hij was weggelopen.

'Dat is een hele geschiedenis,' antwoordde ik, 'en erg treurig.' Ik wachtte even.

'Ik heb het nog nooit aan iemand verteld,' vervolgde ik, 'maar ik wil het nu wel aan jou zeggen, maar je mag het aan niemand vertellen.' Hij beloofde dit. 'Goed,' zei ik, 'maar als ik het vertel en je verraadt het, dan word je dood gesneden, begrijp je dat goed?' Hij knikte. 'Het is eigenlijk al te laat om het nog helemaal te vertellen,' zei ik, 'want de middag spoedt ten einde: het wordt reeds donker.' (Deze laatste tien woorden herinnerde ik me ergens gelezen te hebben.)

'Die broer was een erge rotzak,' begon ik, 'want hij deed altijd gemeen. Hij heeft vissen hun kop afgesneden.

En toen heeft mijn moeder hem opgesloten in de kelder. Daar is hij uitgeklommen door het raam, toen het donker was. Hij heeft haast niks meegenomen, alleen zijn dekens, van bed.' Ik wachtte even en voegde eraan toe: 'Dacht je dat ik het leuk vind om zoiets te vertellen? Dan vergis je je. Het is iets heel ergs. Daarom ben ik vanmiddag zo verdrietig. Weet je hoe hij heet?'

Opnieuw wachtte ik even. Ik kon niet direct een naam vinden. 'Hij heet André,' zei ik toen. 'En het schip is de Voorspoed: dat betekent dat ze vooruit varen.' (Ik had de naam op een zandschuit gelezen.) 'Hij vaart heel ver weg, maar als hij thuiskomt breng hij een beest mee en dat is voor mij.'

Een buschauffeur joeg ons uit het huisje. We slenterden naar mijn woning. 'André heeft eens een keer een papegaai voor me meegenomen,' zei ik, 'die had hij gekocht. En die zei alles na. Maar hij is doodgegaan. Alle beesten gaan toch dood.'

Toen we bij mijn huis kwamen, nodigde ik hem uit weer in het berghok te komen. 'Er komt bij mij thuis een grote feestbijeenkomst van de club,' zei ik: 'dat moeten we bespreken.' Toen we weer achter de juten zak op de mat zaten en ik de kaars weer had aangestoken, zei ik: 'Dat is wel heel erg, wat met mijn broer toen gebeurd is, maar iemand moet niet altijd verdrietig zijn. Daarom houdt de club morgenmiddag een feestbijeenkomst bij mij in huis. Ik zal een daverend programma maken. Je moet zorgen dat je op tijd komt: anders heb je de kans dat je komt en dat het al begonnen is. Ik zal een grote rede houden.'

'Kan Martha meekomen?' vroeg hij. 'Dat kan wel,' zei ik langzaam, op gewichtige toon. 'We kunnen haar adspirant-lid maken. Later kan ze dan echt lid worden.'

Er vloeide een zwijgen binnen; de koude begon ons stijf te maken. 'Ik zal je de foto van die broer laten zien,' zei ik en verzocht hem, terwijl ik naar binnen ging, te wachten.

In de huiskamer, waar het al schemerig werd, zat mijn moeder bij het raam te dutten. Ik nam de lijst, waarin een menigte kleine foto's achter glas waren gerangschikt, voorzichtig van de muur. Bij het afnemen stootte ik licht tegen de beide uitgeblazen eieren, die ter weerszijden aan dunne ijzerdraadjes hingen. (Het waren een groot wit struisvogelei en een kleiner, zwart ei van een emoe. Steeds als er werd gestoeid of ergens mee werd gegooid, placht mijn moeder te roepen: 'Pas op het struisvogelei. Pas op het ei van de emoe!')

Op weg naar het berghok koos ik een klein afbeeldinkje uit van een jongen op blote voeten naast een grote hond, in een soort park. (Ik wist niet wie het was.) 'Dit is André,' zei ik, 'dit is die broer, waar ik zo veel verdriet om heb gehad en nog heb.' Werther bekeek de foto nauwlettend, maar begon toen ook de andere te bestuderen. 'Die hebben er niets mee te maken,' zei ik en griste hem de inlijsting ruw uit handen. Hierbij stootte ik ermee tegen de deurpost, waardoor er in de hoek een breuk in het glas ontstond. Ik zei niets en bracht de foto's op dezelfde onopgemerkte wijze op hun plaats terug.

Bij zijn vertrek verklaarde Werther de volgende dag te zullen komen. Ik bracht hem niet verder weg dan tot de uitgang van de tuin en nam met een gemompel afscheid.

Tot etenstijd bouwde ik van de mat uit het hok een tent aan de rand van de tuin, tegen het fietsenschuurtje van buren; in het midden plantte ik een zware betonnen steen in de grond.

'Dit is het midden van de tempel,' zei ik zacht. Op de steen zette ik een oude, gebarsten braadpan en maakte er een houtvuurtje in. Daarbij begaf ik me in mijmering. Er ontstond veel rook. Ik nam een oude blauwe kaft van een schrift, streek hem glad en schreef er, nadat ik in de tent was gaan zitten, met krijt op: 'Aan André, die een broer is. Op het schip, dus Aan Boord. Deze brief moeten ze hem geven.' Ik rolde het papier op en wierp het in de vlammen.

Er gebeurde nu iets vreemds: in de aangrenzende tuin naderden stappen, die vlak bij de tent stilhielden. Ik deed het deksel op de pan. Er klonk een gemompel en onmiddellijk daarop werd er een emmer water over de tent uitgegoten. Ik bleef doodstil zitten en maakte geen geluid. Het water kwam niet naar binnen, maar droop met luide stralen af. Daarna verwijderden zich de stappen, een hengsel rammelde en een deur ging dicht. Ik hield het voor mogelijk dat het in het vuur werpen van de brief en het neerstorten van het water met elkaar in een toverachtig verband stonden, maar kon het niet begrijpen. Tot ik voor het eten geroepen werd bleef ik rillend zitten. 'Hij stinkt,' zei mijn broer, toen ik aan tafel zat: 'hij is net een harde bokking. Hij doet alleen smerige dingen. Het moet smerig zijn, anders doet hij het niet.'

De volgende dag besteedde ik om de slaapkamer van ons beiden te versieren. Ik maakte takken van kerstbomen, die ik van de straat had aangevoerd, met punaises vast op de muur en vlocht er strookjes wit papier door. Daarna ging ik draad voor de verlichting aanleggen.

Ik had reeds geruime tijd geleden in een rijwielhandel een scheltransformator van zestig cent mogen kopen, maar tot nu toe had ik hem niet mogen gebruiken, omdat mijn moeder het toestel niet vertrouwde. Dit mocht nu, mits ik het tevoren aan een kennis in de buurt liet zien, een kleine, gebochelde kleermaker, die Rabbijn heette: hij had de naam bekwaam op het gebied van elektriciteit te zijn. 'Ja, dat is een gewone transformator,' zei hij onmiddellijk, maar hij hield mij lang bezig met te vertellen, hoe de polen moesten worden aangesloten, hoewel dat op het bakelieten kastje duidelijk stond aangegeven. Zijn vrouw, die verteerd werd door reumatiek en haar opgezwollen vingers nauwelijks meer kon bewegen bekeek het apparaat met haar slechte ogen en zei: 'Met die dingen moet je geen grapjes uithalen.'

Haar man vroeg me nu, of ik wist dat er mensen waren, die de deksels van de stopcontacten haalden en voor de grap hun vingers op de polen hielden.

Meteen vertelde hij, wat hem een paar dagen tevoren was overkomen. In zijn werkkamer, die uitzag op de tuin, had hij zelf allerlei losse leidingen aangelegd, die als waslijnen door de ruimte hingen. Op een namiddag, toen hij stond te knippen had hij, toen hij voor een goede belichting de stof omhooghield, de draad naar de lamp doorgeknipt. Er waren een knal en een vlam opgetreden, hij had een hevige schok gekregen en er was meteen kortsluiting ontstaan. Buren in een naburige tuin waren toegesneld en hadden het lichtverschijnsel beschreven als een 'blauwe spuit van vuur'. Hijzelf was ervan overtuigd, dat een laagje verweerde lak op de ogen van de schaar hem nog het leven had gered.

Toen ik weer thuiskwam, monteerde ik de transformator en sloot er drie fietslampjes op aan, die ik half achter de dennetakken liet schuilgaan. Op een stuk karton tekende ik met kleurkrijt 'Wordt lid van de C.V.D.G.' en hing het tussen het groen. Tenslotte deed ik de stroom aan. Daarop vroeg ik mijn vader te komen kijken.

Hij zag, met een hand in zijn zak, met een spottende trek om zijn mond rond. 'Wat is de C.V.D.G.?' vroeg hij. 'Dat is een geheim, dat alleen de leden weten,' zei ik met schijnbare triomf, maar in werkelijkheid had zich zwaarmoedigheid van me meester gemaakt. Het was gaan dooien en het regende zacht.

Aan het tafeltje in de bovengang ging ik een programma opschrijven, dat als volgt luidde: '1. Opening door de voorzitter. 2. De voorzitter groet de aanwezigen en legt het doel van de samenkomst uit.'

Hierna wist ik niets meer te bedenken. Lange tijd bleef ik in de schemering zitten staren. Eindelijk schreef ik nog op: '3. Redevoering waarin besproken worden de punten: a. een club op voeten; b. geen papieren leden; c. niemand mag gek doen tegen clubleden of tegen de voorzitter; d. er wordt een afdeling opgericht voor bouwen en techniek, voornamelijk voor molens die op de wind draaien; het hoofd ervan heet de molenbouwer: het moet iemand zijn, die al eerder veel molens heeft gemaakt.' Ik schreef alles in het net over en rolde het papier op. Daarna beschouwde ik de versiering en de brandende lampjes. Rondom was de stilte; slechts als van ver drongen af en toe de stemmen van kinderen op de straat of het geblaf van een hond door: het was, of de grijze hemel als dof vilt alle geraas dempte.

Om over drieën kwamen Werther en zijn zuster. Het was een bleek, patterig meisje met een afgeplat gezicht. Ze droeg een gebreide jurk van oranje wol, wat de logheid van haar gestalte nog duidelijker deed uitkomen. Ze sprak bijna fluisterend, waarna ze telkens in gegiechel uitbarstte. In de slaapkamer gingen we op de bedden zitten.

De verlichting had ik tevoren uitgedaan, maar nu ontstak ik haar onverwachts. Martha zei 'Oo'; Werther keek zwijgend en onverschillig rond.

Ik stond op, ging achter een tafel staan en maakte mijn blad papier open. 'Hierbij verklaar ik de grote feestbijeenkomst van de C.V.D.G. voor geopend,' zei ik. Ik gaf met een liniaaltje een paar klappen op de tafel. 'Binnen,' zei Martha en begon te giechelen. 'Komt Dirk niet?' vroeg Werther. 'Dat denk ik niet,' antwoordde ik kort.

'Als voorzitter groet ik de geachte aanwezigen en het adspirant-lid,' zei ik. 'Daag,' zei Werther. 'Ik zal het doel van deze bijeenkomst uiteenzetten,' ging ik verder. 'Het is niet de bedoeling dat onze club alleen maar feestmiddagen houdt: we zullen nog andere vergaderingen moeten houden, over ernstige dingen. We moeten een flinke, sterke club, een club op voeten krijgen. Papieren leden kunnen we niet gebruiken. Aan leden die alleen maar lid zijn, maar verder iedereen voor de gek houden, daar hebben we niets aan. Het volgende punt waarover ik wil spreken is het feit, dat er leden zijn, die gek doen tegen clubleden of tegen de voorzitter. Dat kan niet. Waarde leden! Er wordt een afdeling opgericht voor bouwen en techniek, voornamelijk voor molens die op de wind draaien. Het hoofd ervan heet de molenbouwer: het moet iemand zijn die al eerder veel molens heeft gemaakt. Of iemand, die erg goed elektrische draden voor lampjes kan aanleggen, want dat heeft ermee te maken. Dat had ik te zeggen,' besloot ik, verfrommelde het papier en ging naast Werther zitten. 'De middagbijeenkomst is begonnen,' zei ik vaag.

Er verliep een halve minuut, waarin niemand iets zei. 'Wanneer begint het?' vroeg Werther. 'Er zijn maar weinig leden gekomen,' antwoordde ik. 'Het is zonde om voor een paar aanwezigen een heel programma op te voeren.' Werther stelde nu voor Dirk op te halen. Met ons drieën gingen we naar zijn huis.

Hij deed zelf open en bleef toen zwijgend in de deuropening staan. 'Ik zal je toespreken,' zei ik. 'Een tijd geleden zijn we op de dijk geweest en toen zijn er minder prettige dingen gebeurd,' begon ik. 'Het is niet nuttig om op deze plaats uit te zoeken, wie de schuld heeft,' ging ik voort. 'Maar vanmiddag houden we een daverende feestmiddag van de club, bij mij thuis. Je begrijpt heus wel dat de assistent-secretaris niet kan wegblijven: het hele bestuur moet er zijn. Het wordt een mooie middag, die nog lang in onze herinnering zal blijven. Ik zal ook nog een daverende rede houden.'

Na enig overreden ging hij met ons mee. Toen we weer boven kwamen, bracht mijn moeder thee met suikerkransjes. Nadat we de thee opgedronken hadden, viel er een stilte, die geen einde scheen te nemen. Ik trad aan het raam en keek naar de hemel. Ongemerkt ging ik naar beneden om mijn broer te zoeken. 'We zitten boven en we hebben geen programma,' zei ik. 'Wil je niet wat op je mandoline spelen?' 'Nee,' zei hij. 'Maar we hebben geen programma!' zei ik nadrukkelijk. 'Nee,' herhaalde hij, 'ik doe het niet.' Ik bleef nog geruime tijd aandringen, maar hij bleef bij zijn weigering.

Toen ik weer op de slaapkamer kwam, bleek iemand de diepe kast te hebben opengemaakt. Ik had hem op slot gedaan, maar de sleutel in de deur laten zitten. De kast gebruikte ik voor twee doeleinden: ik hanteerde er, omdat het er zo donker en stil was, mijn lid of ik kneedde er van boetseerklei potjes, kannetjes en asbakken, die bleven staan om te drogen. Een felle lamp zonder kap verlichtte de kleine ruimte, zodat ik de deur geheel achter me kon sluiten; (meestal deed ik hem van binnen op slot).

Allen waren er binnengedrongen en hadden potjes naar buiten gehaald om ze bij daglicht te bekijken. 'We maken ze niet stuk,' zei Werther. Hij bekeek de bodem van een asbak waarop hij het inschrift A.F.D.O. had ontdekt. 'Wat betekent dat, Afdo?' vroeg hij. Het was een afkorting van Aardewerk Fabriek De Oudheid, maar ik durfde dit niet te zeggen.

'Het zijn zo maar letters,' antwoordde ik. 'Maar ik zie aldoor dezelfde,' hield hij aan, want hij bekeek ook de andere voorwerpen van onderen. 'Dat kan wel,' zei ik. 'Maar laten we alles maar weer opbergen.'

Ze maakten aanstalten om de voorwerpen weer terug te zetten, toen Werther een potje liet vallen, dat op de vloer onherkenbaar stuksloeg met veel poedervorming. 'Dat is jammer,' zei hij en bleef ernaar staan kijken. Ik begon gejaagd heen en weer te lopen. Toen alles weer op zijn plaats was gezet, sloot ik de kast af, stak de sleutel bij me en ging op het bed zitten. Opnieuw drong een stilte de kamer binnen.

'We gaan nu weer naar buiten,' zei ik en schakelde de lampjes uit. We stommelden de trap af en schoven zwijgend naar de buitendeur. 'Ik moet nog huiswerk maken,' zei ik dof. Ze bleven voor de deuropening staan. 'Jullie moeten nu maar weggaan,' zei ik: 'ik blijf hier. Jullie hebben nare gewoontes.'

Dirk liep naar zijn woning, maar Werther en zijn zuster bleven nog steeds staan. Ik gaf hem, zonder iets te zeggen, een paar harde stompen, die hem kreten deden slaken, sprong daarna snel weer naar binnen en sloot de deur met een slag.

Op de lege slaapkamer bleef ik lang voor het raam staan. Uit de dennetakken regenden schaars enige naalden. 'De stilte zeilt als een schip,' dacht ik.

De volgende dag regende het. 's Middags vond ik na schooltijd een briefje in de bus, dat van Werther afkomstig bleek. De tekst luidde: 'Elmer. Jij hoeft heus niet meer bij mij thuis te komen. Je stompt, want je bent gemeen. De club is afgelopen, want ik wil het niet meer. Werther.' Het was met potlood op een half schriftblaadje geschreven.

Ik riep terstond Dirk naar buiten en toonde hem dat papier, maar bewoog het en hield het op een afstand, zodat hij het juist nog niet kon lezen. 'Dit is een geheim ding, dat juist gekomen is,' zei ik. 'Het is een brief. We moeten meteen vergaderen.'

We begaven ons naar het berghok. Hier liet ik hem de tekst lezen. 'Je hebt natuurlijk als een goed lid van de club al begrepen, wat er aan de hand is, zei ik. Hij is een heel erge spion. Hij is de club binnengeslopen om de vijand alles te vertellen: zo wil hij de club kapotmaken. Daar is hij al een tijd mee bezig. Hij is bij de voorzitter een kast gaan openmaken om mooie dingen stuk te gooien. Dat was om de club te verpesten. We moeten de lijst van de leden op een geheime plek begraven.'

Dirk bleef het briefje beturen, maar zei niets. Hij peuterde bij het lezen met nonchalante bewegingen aan een korstje op zijn knie.

'Weet je dat een club van twee leden iets heel goeds is?' vroeg ik. 'Dat is eigenlijk nog beter dan drie leden.' Dirk liet het briefje vallen en tastte de grond af, tot hij een lege stroopbus had gevonden en probeerde met zijn nagels het deksel eraf te lichten. Opeens begon ik hem te haten.

'Jij moet ook de club uit,' zei ik. 'Je bent opgestookt, dat merk ik heel goed. Jij wil ook dat de club ophoudt. Van nu af aan ben je geschorst.' Dirk zei niets en prutste verder aan het blikje. Ik stond op.

'Je moet de vergadering uit,' zei ik. 'Als je weer in de club wil komen, maar dat is heel moeilijk, dan moet je een brief aan de voorzitter sturen en vergiffenis vragen. Wil je dat doen?'

Ik liet hem geen gelegenheid te antwoorden, maar begon hem ingehouden te schoppen. 'Jij verpest alles,' zei ik. Toen hij niet opstond trok ik hem aan zijn armen overeind en duwde hem naar buiten. Ik keek hem na, terwijl hij zwijgend wegslenterde.

Het regende niet meer, maar de atmosfeer was vochtig; er heerste windstilte, hoewel boven de huizen mistbanken langzaam voortschoven. Ik ging het hok weer binnen. Op een stuk karton schreef ik: 'Er zijn overal vijanden van de club.' Ik begroef het, zeer klein opgevouwen, op een ondiepe plek, die ik met een afgeplukte vliertak aangaf.

De eerstvolgende tijd sprak ik Dirk en Werther niet meer. Omdat het koude weer niet overging, kwam ik niet meer in het berghok, maar begaf me veel naar de zolder. Hier zat ik dan lange tijd alleen. Ik noemde de ruimte 'Het Betoverde Kasteel' en spijkerde een kartonnen bord met die woorden met kleurpotlood erop getekend op de deur.

Op een Woensdagmiddag liet ik er eens een kleine, grijze kat binnen, die hoestend op het dak in de regen zat. Ik sloot het dier op in de lade van een grote hutkoffer en liet het er uren in zitten. Toen ik de la weer opende was de bodem, die beplakt was met gebloemd behangselpapier, verontreinigd door een taai slijm. Ik wierp het dier op het dak terug waarover het, met schokken hoestend, uit het gezicht verdween. 'Hij heeft gehoest en daarom moet hij gesard worden,' zei ik hardop, terwijl ik de kat nakeek door een van de kleine ramen. Vaak stond ik hiervoor naar buiten te zien om daarbij na te denken.

Als ik niets te doen had hield ik me op de zolder bezig met het vergruizelen van de zachte muurpleistering, die ik met een bijl stukhakte. Steeds werd ik dan bedroefd en probeerde ik, als ik mijn glassnijder bij me had, mijn naam in een ruitje te krassen, maar dit mislukte meestal; ik begaf me dan weer naar buiten.

In de straat achter de onze was in een huis, waarvan de achtertuin aan onze tuin grensde, een jongen komen te wonen, die Maarten Scheepmaker heette. Toen hij er pas woonde was ik op een middag een vuur aan het stoken. Hij kwam naderbij en vroeg of ik het mocht. Op deze wijze maakten wij kennis met elkaar. Ik mocht bij hem thuis komen.

Hij was even oud als ik, maar kleiner en gezetter. Hij liep zeer slonzig gekleed, terwijl hij zijn slappe, vette haar onvoldoende liet afknippen. Ook had hij reeds een dunne snor. Hij droeg een sterke lichaamsgeur bij zich, die ik toeschreef aan het feit, dat hij in huis even dik gekleed liep als op straat en binnen ook zijn das om zijn hals geknoopt hield. Ik kwam graag bij hem, want hij had vreemde, belangwekkende gewoonten.

In zijn kleine kamer aan de straat hingen op schouderhoogte doodsbeenderen aan dunne ijzerdraadjes en onder een glazen stolp lagen, op een dot witte watten, de afgeslagen borsten van een roze porseleinen vrouwenbeeldje; de vernielde resten lagen in een doosje ernaast. Om en boven zijn bed, in het midden van de kamer, had hij van doeken en tapijten een baldakijn gebouwd en de muren waren volgeplakt met uitgeknipte panorama's uit tijdschriften en prentbriefkaarten met zonsondergangen boven berglandschappen.

Behalve het bed en één stoel stonden er geen meubels in het vertrek, omdat alle verdere ruimte in beslag werd genomen door rommel, waar men overheen moest stappen: hij knutselde en bouwde.

Ik beschouwde hem als een uitvinder. Toen ik hem pas kende vertelde hij mij op een middag, dat het mogelijk was in de ringvaart veel vissen te vangen door onder water een ontploffing te verwekken. Hij vervaardigde in mijn aanwezigheid een ingewikkelde machine, die bestond uit een oude cacaobus, waarin twee spijkers stonden opgesteld, die hij magnetisch had gemaakt; tussen de punten hing een keten van ijzervijlsel. Aan elk van beide spijkers was een elektrische draad verbonden, die, goed geïsoleerd, de bus op zulk een wijze verliet, dat er geen tussenruimte overbleef, waar water of lucht doorheen konden komen. Op de bodem van de bus had hij tevoren een dikke laag gestort van een mengsel van kaliumchloraat en suiker.

'Dat is een van de ergste ontploffers,' zei hij.

Zijn bedoeling was om de constructie, als hij hem onder water had gelaten, uit een batterij stroom toe te zenden, die het ijzervijlsel tot gloeiing moest brengen, waarna de lading zou ontbranden. We waren gereed met de toebereidselen, toen zijn moeder binnenkwam.

Het was een kleine, lelijke vrouw met een vermoeid gezicht en vaal, vormeloos haar. Ik had haar eerst voor gevaarlijk gehouden, maar ze was goedig. Ze had ons over ons plan horen spreken en uitte haar bezorgdheid erover. 'Wat moet ik bij Elmer thuis gaan zeggen, als jullie zijn meegenomen?' vroeg ze. 'Weet je wel dat er voor zulke dingen al heel wat mensen zijn doodgeschoten?' Ze verbood ons de uitvoering van het plan en ging weer de kamer uit.

Ik kon haar mededeling niet begrijpen, maar voelde, terwijl ik de woorden bij mijzelf herhaalde, een drukkende somberte opkomen. Ik verlangde niet meer, dat het plan zou doorgaan. 'We kunnen beter iets anders doen,' zei ik. 'Er moet trouwens een club opgericht worden: dat weet jij misschien ook wel. Dat is heel belangrijk. Dan blijven we hier en richten hem meteen op.'

Ik zei deze zinnen zacht, maar gejaagd, waarbij ik Maarten voorzichtig aankeek. 'De voorzitter moet iemand zijn die al eerder clubs gemaakt heeft,' zei ik: 'die benoemt meteen een maker. Dat is iemand die goed dingen kan bouwen. Die maakt voor het bestuur en de voorzitter allerlei dingen, die ze mogen houden. Hij moet ook een lamp maken die niet uit kan gaan.' (Ik hield het voor mogelijk, dat zoiets bestond.)

Maarten scheen niet te luisteren. 'Je houdt misschien niet van een club,' zei ik wijs, 'maar dat was met mij precies zo.' Maarten inspecteerde, zonder iets te zeggen, de bus. Hij verklaarde dat hij de ontploffing wilde laten doorgaan.

Tegen de schemering gingen we met alle benodigdheden naar de waterkant. Toen hij de stroom aansloot, gebeurde er echter niets. Bij het ophalen kwamen alleen de elektrische draden boven: de bus met alle onderdelen was verdwenen. Ik toonde mij teleurgesteld en gaf als mijn conclusie te kennen, dat de montage gebrekkig was geweest, waardoor alles al was losgeraakt, voordat de stroom was aangesloten. Maarten verzekerde echter geestdriftig, dat de ontploffing wel degelijk geschied was, maar op grote diepte had plaatsgevonden, waardoor de gassen waren gecondenseerd en opgelost, voordat ze de oppervlakte hadden kunnen bereiken. Hij spatte bij het spreken en veegde speeksel van zijn kin, want hij kwijlde van opwinding.

Ik geraakte even in twijfel of de machine ontbrand was of niet; weer kwam ik echter tot de slotsom, dat dit niet was gebeurd, doch ik wilde dit niet opnieuw zeggen. Ik hield me bezig met de vraag, of Maarten zijn eigen verklaring geloofde. Of dit al dan niet het geval was, kon ik niet vaststellen, maar ik begreep dat er in beide gevallen treurigheid moest zijn.

We keerden weer terug; Maarten vroeg me mee naar binnen te gaan, maar ik nam afscheid. Op de zolder begon ik aan de opstelling van een stuk. Boven aan het papier schreef ik: 'De nieuwe club, waar Maarten in moet. Hij moet lid worden.' Ik bleef zitten nadenken, maar wist verder niets op te schrijven. Ik vouwde het papier dicht en deed het in een plat kartonnen doosje, waar reeds dertien centen in zaten; dit verborg ik naast een van de dakraampjes onder een dakpan.

Een andere keer, op een Zaterdagmiddag, hield Maarten mij de mogelijkheid voor een raket te vervaardigen. Hij had ergens nog een kleine vliegtuigbom van hout liggen, die zilverkleurig was geverfd en van achteren vier richtvinnen had; het was een stuk speelgoed van vroeger.

Hij boorde in het achtereind een uitholling, waar hij een buis inhamerde. Deze vulde hij met hetzelfde mengsel als wat bij het vorige experiment was gebruikt; om te verhinderen dat het eruit zou lopen plakte hij het dicht met een schijfje papier, waar hij een in spiritus gedrenkte katoenen draad als lont doorheen stak.

'Gaat hij meteen met een knal weg of begint hij eerst te sissen?' vroeg ik. 'Allebei,' antwoordde hij. 'Hij gaat zeker een meter of achtentwintig de lucht in, of nog hoger.'

In de tuin bouwden we van een paar bakstenen een voetstuk; het kwam op het straatje achter de keuken te staan. Hij zette er de raket, met zijn neus in de hoogte, op zijn staartvinnen op neer en legde er een propje papier onder, dat hij met een ernstig gezicht aanstak; daarna traden we behoedzaam achteruit.

Het vuur bereikte lont en lading en uit de buis begon sissend vuur te spuiten. De raket viel om, bleef nog even sissen en zweeg toen. Er kringelde een weinig rook op, die snel vervloog. 'Hij is leeg,' zei ik. Maarten raapte hem op. Op de stenen van het straatje was een grijsblauwe brandvlek ontstaan met witte randen.

'Er zat genoeg kracht in om hem te laten omvallen,' zei ik, maar Maarten was het hiermee niet eens. 'Hij zat ergens aan vast,' verklaarde hij beslist. Hij beweerde en hield vol, dat de bom zowel toen hij nog rechtop stond als toen hij plat was komen te liggen, door iets was vastgehouden, waardoor hij zich niet in beweging had kunnen zetten. Ik geloofde dit niet, maar wilde het niet zeggen.

'Laten we hem nog eens vullen en dan weer oplaten,' zei ik, maar hij wees dit voorstel af. 'Ik moet eerst goed alles nakijken,' zei hij gewichtig. 'Hij moet trouwens ook nog afkoelen. Of dacht je dat hij van binnen niet heet werd?'

Hij had geen enkele voorzorg genomen om de proef geheim te doen blijven, zodat zijn vader, die in de achterkamer aan het raam was komen staan, alles had gezien. Hij kwam echter niet naar buiten en maakte zelfs geen enkel gebaar. Het was een dikke, zware man met wangzakken en wallen onder de ogen; hij had kort, borstelig haar. Ik vond hem lijken op een oude muis uit een vertelselboek, dat ik nog bezat. Hij staarde dromerig en afwezig in de tuinen.

Het was laat in de middag en het begon al donker te

worden. Tevergeefs probeerde ik de droefheid, die naderde, tegen te houden.

Maarten bekeek de achterkant van de bom en peuterde eraan. Ik verlangde hem te doen struikelen of iets aan zijn kleding te vernielen: hij zou dan, naar ik dacht, op bijna geluidloze wijze gaan huilen.

Ik vertrok met de mededeling, dat ik moest eten en begaf me op de zolder, waar ik met zo min mogelijk geluid verder hakte in de muur. Het gruis schoof ik tot een bergje bijeen; ik begon met een doel te hakken en maakte een gat, dat ik met een stuk ijzer uitdiepte. Daarop beschreef ik een oude kofferlabel met mijn naam en datum en stak hem opgerold in de opening. Tenslotte wilde ik het gat met een oude krant dichtproppen. Terwijl ik hem aan stukken scheurde, kwam ik een overlijdensadvertentie tegen, waar ik werktuiglijk regels uit las. De laatste zin, vóór de ondertekening, luidde: 'Hij heeft zijn pelgrimsreis volbracht.' Hierover moest ik lang nadenken. Ik herhaalde de woorden langzaam in mijzelf en begon de regels zacht te zingen. De advertentie scheurde ik uit, kauwde hem fijn en duwde het propje in de muuropening. Ik zocht toen naar de glassnijder, maar kon hem niet vinden. Terwijl ik met mijn voorhoofd tegen een van de raampjes leunde en mijn lid beroerde, luisterde ik scherp naar de geluiden in het huis. 'De dag is vol tekenen,' herhaalde ik voortdurend in mijzelf. Ik overwoog Maarten op de zolder te vragen.

Op een andere Zaterdagmiddag zaten we op zijn kamer. We kwamen op het plan eenden te gaan vangen in het plantsoen aan de tochtwetering, die langs de begraafplaats liep. In najaar en winter kwamen daar weinig mensen. Maarten bleek een windpistool te bezitten, waarmee we pluimpjes of loden kogeltjes konden schieten, maar hoewel ze een kartonnen doos waarop we ter oefening vuurden, gemakkelijk doorboorden, droeg het wapen niet ver. Maarten was er evenwel van overtuigd, dat we er vogels, andere dieren en zelfs mensen dodelijk mee konden treffen. 'Dacht je dat hiermee niet iemand kan worden doodgeschoten?' vroeg hij. 'Dat is niet eens zo moeilijk. Het hangt er alleen maar van af, waar je iemand raakt.'

Er waren, beweerde hij, op het menselijk lichaam acht plekken, waar een schot een dodelijk effect had. Ik vroeg hem welke die plaatsen waren, maar hierop gaf hij geen antwoord. 'Je kan zeker honderd meter ver richten,' zei hij, 'en dan heeft hij nog kracht.' We gingen in een appel schieten; de pluimpjes en kogels gingen niet door de hele vrucht heen maar verdwenen, bijna zonder de schil beschadigd te hebben, in het klokhuis, waarin ze moeilijk terug te vinden waren. Ik trok de kracht van het wapen in twijfel.

Om enige indruk van de mogelijkheden van het pistool te krijgen, gingen we volgens afgesproken regels op elkaar schieten. Elk aan een andere kant van de kamer staand, zouden we onder het baldakijn door op elkaar richten: hierdoor was uitgesloten, dat we elkaar in het gezicht raakten. We gebruikten pluimpjes. Bij loting kreeg Maarten het eerste schot te lossen.

Hij raakte mij midden op de borst. Het pluimpje sloeg, nadat het zonder beschadiging mijn kleren had doorboord een klein, zuiver rond puntje in mijn vlees. Het bloedde haast niet en deed ook bijna geen pijn. Ik geraakte in woede, maar verborg deze.

Zelf mikte ik zeer lang, maar ik wist dat het schot zou mislukken. Ik trof Maarten op de rechterhelft van zijn borst, maar zelfs zijn huid was niet geraakt. Toen ik op hem toeliep om het resultaat te onderzoeken, bleek het projectieltje in een pak papieren in zijn binnenzak te zijn gestuit. Wel had het bijna alle bladen doorboord. Ik kreeg de begeerte hem deze papieren af te nemen en hem om teruggave te laten smeken, want ik geloofde dat ze geheimen bevatten. Ik raakte ze echter niet aan.

's Avonds na etenstijd, toen de duisternis was ingevallen, begaven we ons op weg. Ik mocht het pistool meevoeren en droeg het op mijn blote lichaam.

Het plantsoen, dat niet door hekken omgeven was, lag verlaten voor ons. Omdat het pas enkele jaren tevoren was aangelegd was er nog niets hooggegroeid: we konden de partijen struikgewas en lage boompjes overzien. Het motregende.

We verlieten het grintpad en liepen over de grasrand, zodat onze stappen bijna onhoorbaar werden.

Spoedig kwamen we aan een plek, waar tientallen eenden bij elkaar gehurkt op de wal zaten. Ik spande het pistool en schoot in de samenscholing. Enkele eenden schrokken van het geluid en deden een paar stappen in de richting van het water, maar verder gebeurde er niets. Ik laadde met een tweede pluimpje en gaf het pistool aan Maarten. Bij zijn schot vluchtten alle vogels kwakend de lucht in. We speurden verder, maar nergens zat meer een eend. Tenslotte zwierven we nog wat rond om te zien of ergens in het plantsoen iets van belang te vinden was, maar we kwamen niets tegen.

'Door een laag veren kan je niet heen schieten,' zei ik. Ik verklaarde de onderneming voor weliswaar genoeglijk, maar nutteloos. Maarten bestreed mijn argumenten met klem. Hij beweerde, dat mijn schot gemist had, maar dat het zijne een eend in de borst had getroffen, waarbij kleine veren zouden zijn rondgevlogen. 'Dat heb je toch wel gezien?' vroeg hij. 'Dat die veren losvlogen en opstoven?' 'Ik heb het allemaal niet zo goed gezien,' antwoordde ik flauw; ik wist dat het niet waar kon zijn.

Hij voegde er nu bij, dat het geraakte dier niet kon blijven vliegen, maar langzaam naar beneden zou moeten komen om dood te bloeden. De volgende dag zouden we het volgens zijn verwachting stellig kunnen vinden. We liepen zwijgend terug.

Ik ging met hem mee naar huis. Zijn ouders waren uit. In zijn kamertje sloot hij het elektrisch licht niet aan, maar stak een kaars op. Daarna nam hij de fitting van het plafond en sloot op de leiding een instrument aan, dat knetterde en blauwe vonken maakte. Hij had het uit een kist te voorschijn gehaald. Terstond toen het werkte, blies hij de kaars uit, waarna we zwijgend bleven toezien.

Het waren twee meccano-armen, aan welker uiteinden koolstaven uit een oude batterij zaten; de staven waren dicht naar elkaar toe gebracht; er tussen hing een blauw, ritselend vlammetje. Het geheel was op een plank gemonteerd, die Maarten op de grond zette. Hij nodigde mij uit naast hem op de rand van het bed te komen zitten om toe te zien. De doeken van het baldakijn schoven we opzij.

'Het is geeneens sterke stroom,' zei hij. 'Ik heb er weerstanden in gedaan. Je kan gerust aan de staven komen, dat geeft geen schok.' Hij nodigde me dringend uit ze te betasten, maar ik dorst dit niet. Om de aandacht af te leiden vroeg ik, of het apparaat uit zichzelf nooit uitging; hierop gaf hij geen antwoord. Ik snoof de geur van de vonken op en staarde in het donker. Maartens gezicht was slechts flauw te onderscheiden in een blauwe schemer.

Even daarna kwamen zijn ouders thuis. Hij borg het toestel weg, maar stak de kaars niet aan. Hij luisterde en vroeg mij toen doodstil te blijven zitten. We ademden voorzichtig. Zijn moeder trad een pas binnen, beproefde de lichtschakelaar en mompelde iets; ze bleef even staan. Ik hield mijn handen in mijn kruis en luisterde naar de stilte, die begon te ruisen. Mijn hart bonsde, want ik geloofde dat er, wanneer we ontdekt werden, iets vreselijks zou volgen.

Toen ze weer was vertrokken, maakte Maarten nog geen licht. We bleven in het donker zitten. 'We moeten voorzichtig praten,' zei hij. Ik opende mijn mond, maar zweeg. Terwijl ik met opengesperde ogen in de duisternis staarde, kneep ik mij in mijn geslachtsdelen om na te gaan, hoeveel kracht ik moest zetten voor het pijn deed. Ik geloofde dat ik moest vluchten. 'Ik moet naar huis,' zei ik gejaagd: 'anders krijg ik op mijn donder.'

Maarten liet mij door het raam uit. Ik holde snel naar huis en sloop naar de zolder. Hoewel het elektrisch licht in orde was, stak ik een kaars aan, die ik in de hutkoffer bewaarde. Daarna opende ik een raampje, haalde het kartonnen doosje onder de dakpan vandaan en nam er het blad papier uit. Het raam liet ik openstaan om naar de wind te luisteren die ergens een hekje deed klapperen, want het was begonnen te waaien.

'Ik ben in het Betoverde Kasteel,' schreef ik met potlood op de achterkant van het papier, 'maar het is het woonschip van de Dood. Dat weet ik: het gaat in de diepte zinken.'

Er woei tocht binnen, die de kaarsvlam in wiegeling bracht, zodat de schaduw van mijn hoofd werd heen en weer geslingerd over het witte muurvlak. Hij leek op een grote zwarte vogel die geen vleugels had, maar door geheimzinnige kracht toch kon vliegen en op mij wachtte om mij kwaad te doen.

Bij het opvouwen van het papier kwam ik in twijfel over de vraag, waar ik dit het beste kon opbergen. Het bij de opgerolde label in de muur stoppen vond ik riskant, omdat mijn broer deze holte wellicht zou ontdekken. De plaats onder de dakpan vond ik evenmin vertrouwd, omdat jongens uit de buurt van hun tuinen uit me de doos konden zien verbergen en mijn broer de vindplaats verraden konden. Ik besloot het goed klein gevouwen in mijn broekzak te houden. De dertien centen liet ik in de doos, die ik weer op zijn plaats bracht. Totdat ik naar bed moest, bleef ik bij de kaars zitten.

Laat in de morgen kwam Maarten me halen om de eend, die zou zijn getroffen op te gaan zoeken. We gingen meteen op weg. Ik nam voor het geval we vissen in het water zouden zien, een netje en een jampot mee. Het weer was even druilerig als de dag tevoren: het leek, of de schemering des morgens al begon te vallen.

We doorzochten het gebied, waar we 's avonds geweest waren nauwgezet, maar vonden niets. Ik verwachtte dit ook niet en keek slechts werktuiglijk rond. De grijze hemel gaf het water van de wetering een matte, troebele kleur; ik hield het voor mogelijk dat op de bodem met wier overdekte watermonsters woonden – wat ik al eerder had gedacht – die naar boven konden komen om ons bij onze manlijke delen mee de diepte in te sleuren. Ik keek daarom geregeld naar het wateroppervlak.

Toen we het zoeken moesten opgeven, verklaarde Maarten, dat we te laat waren en dat de vogel al door anderen was meegenomen. Ik sprak dit niet tegen. We wandelden verder en liepen een smalle ondiepe zijsloot langs, waar we met het schepnetje in gingen vissen. Er was weinig in te zien. Wel haalde ik een langwerpig, tor-achtig beestje boven met kleine scharen. Het was onge-veer een halve wijsvinger lang. Ik dorst het niet aan te raken, maar tilde het met twee stokjes op; daarna wierp ik het zo ver mogelijk van het water weg in het gras. Hierover was ik echter niet gerust, zodat ik het dier weer opzocht en het met mijn hak in de grond stampte. 'Het is een gemeen beest, dat heb ik gelezen,' zei ik tegen Maar-ten. 'Hij moet doodgemaakt.' In werkelijkheid wilde ik de terugkeer van de tor naar het water onmogelijk ma-ken, want dan zou hij de watermonsters stellig over mij inlichten.

Spoedig kwamen we bij een ondiepe plek waar kenne-lijk pogingen waren ondernomen om een dam te maken: overal lagen takkebossen en stenen in het water, dat on-diep was geworden. Hier ontdekte ik een grote gram-mofoonhoren in de vorm van een bloemkelk, die gro-tendeels onder water lag. We visten hem eruit. Hij had op zijn breedste plek een doorsnede van wel driekwart meter. Van buiten was hij groen geverfd, aan de binnen-kant zacht roze. De verf was hier en daar al afgeblad-derd. 'Hij is van mij,' zei ik, 'want ik heb hem ontdekt. Als jij bijvoorbeeld iets vindt en jij wijst het het eerste aan, dan is het van jou.' Ik spoelde de horen schoon, sloeg hem af en toeterde erin. Daarna ging ik er koddig mee doen. 'Hoor eens mensen,' riep ik, 'nu zal voor u optreden de grote olifant Jumbo. Dag rotzakken!' In-middels slenterden we verder. De Horen legde ik met de opening naar achteren zo over mijn schouder, dat ik er geregeld in kon blijven toeteren. 'Wie deze horen heeft, is erg machtig,' dacht ik. 'Maarten,' zei ik, 'moet je ho-ren. We hebben zo al eens over de club gepraat, maar dat moet nu echt worden. We moeten helemaal niet meer wachten, want je weet best, dat ze overal vijandelijke clubs maken.' Toen hij op mijn woorden niet inging, vervolgde ik: 'Als we de club vanmiddag oprichten, hebben we meteen een horen. En een club met een horen dat is juist heel goed, dat weet je ook wel. We kunnen erop blazen als de vergadering begint. Het is natuurlijk het beste, dat de voorzitter dat doet. Daar kan je aan zien, dat het een goede club is.'

Maarten scheen nauwlijks te luisteren. Hij viste met mijn netje enige visjes uit de sloot en deed ze in de jampot. 'Als we een club hebben kunnen we ook vissen vangen en samen een vijver maken,' zei ik reeds half moedeloos.

Op dat ogenblik kwam ons een onbekende jongen in een blauwe overall tegemoet. Hij was wel een hoofd groter dan ik en had een bleek, benig gezicht en zeer lichtblond haar. Met een loerende uitdrukking kwam hij op mij toe, bleef voor mij staan, bekeek de horen en tikte er met zijn wijsvinger tegen aan. Ik begon te beven.

Hij had kleine diepliggende ogen. Op zijn bovenlip zag ik korstige zwellingen als van een huidaandoening zitten. Hij grijnsde, tikte opnieuw, nu iets harder tegen de horen en vroeg, zonder op Maarten acht te slaan, hoe ik eraan kwam. Ik klemde het instrument krampachtig vast en kon eerst niets bedenken om te zeggen.

'We hebben hem hier uit de sloot gehaald,' zei ik. 'Hij lag er al lang in, want hij was weggegooid: hij was van niemand.' Ik wilde verder spreken, maar wist niets meer. Ik keek naar Maarten, maar deze zei niets. 'Nou, als je maar weet dat hij van mij is,' zei de jongen. 'Jullie hebben hier niks weg te halen wat ik hier zolang neerleg. Hoor je dat, jongetje? Geef hem maar eens gauw hier.'

'We hebben hem erg nodig,' zei ik nog zacht, maar ik

wist dat de horen verloren was. De jongen greep hem vast, nam hem mij af en slenterde weg. We bleven staan en keken hem na. Daarna liepen we naar huis. De regen, die tot nu toe bijna onmerkbaar fijn was geweest, werd iets dichter.

'Het hindert niks,' zei ik, 'want het was toch een rotding. Niemand heeft er wat aan. Dat kan je zien. Ik heb trouwens een oom: die heeft een heleboel van die horens: daar kan ik er zoveel van krijgen als ik wil.' Maarten antwoordde niet; hij hield de jampot omhoog en betuurde de visjes.

'We moeten vanmiddag meteen de club oprichten,' zei ik. 'Dan maken we een leger, want dat hebben alle goede clubs. De voorzitter van de club wordt de hoofdman: dat is altijd zo.' Maarten schudde het jampotje en bleef verdiept in de vissen.

Toen we bij mijn huis kwamen, verzocht ik hem mee te gaan naar de zolder. Daar opende ik het kleine raampje en toonde hem de doos onder de dakpan. 'Dat is de geheime plaats van de club,' zei ik. 'Alle dingen die opgeschreven worden bewaren we daar: dat is de grot, want niemand kan erbij.'

Ik zocht papier, legde het op de hutkoffer en nodigde Maarten uit met mij samen het eerste stuk op te stellen. 'We moeten eerst een leger hebben,' zei ik, 'want een club zonder leger is niks.' Ik verzocht hem te wachten en schreef snel enige dingen op. Daarna las ik voor: '1. Er is een clubleger, dat ook kan opsporen. Als er bijvoorbeeld iemand is, die aldoor horens pikt, gaan we hem achterna. Dan wordt hij gevangengenomen.' Ik zag dat Maarten naar de dichtgepropte opening in de muur keek. Het was opgehouden met regenen; aan de hemel schoven lichte plekken voorbij.

'Dus de club is nu opgericht,' vervolgde ik luid. 'Hij heet de Nieuwe Leger Club, de N.L.C.' Deze laatste zin schreef ik achter het cijfer 2. op. Maarten luisterde naar ik meende nu wel, maar ik geloofde niet dat hij geestdriftig was.

'Je hebt toch wel begrepen dat het heel belangrijk is, dat we een leger maken?' vroeg ik. 'Als de club het wil, kunnen we die rotzak, die onze horen heeft gepikt, gevangennemen. Want ik weet hoe hij heet en waar hij woont.'

'Wie is het dan?' vroeg Maarten. Deze vraag bracht mij in verlegenheid. 'Dat moet nog geheim blijven,' antwoordde ik, 'want het leger is nog niet helemaal klaar.' Wat ik precies bedoelde, was mijzelf niet duidelijk. Ik vouwde snel het papier op, deed het in het kartonnen doosje en legde het onder de dakpan terug. 'Het ligt helemaal verborgen,' zei ik. 'Je hoeft heus niet bang te zijn dat iemand het vindt. Als er bijvoorbeeld regen komt, blijft het droog, want de dakpan ligt eroverheen.' Meteen nam ik het jampotje, dat Maarten op de vloer had gezet en goot het op de dakpan leeg. Maarten uitte even een kreet, maar keek toen rustig met mij toe, hoe de vissen werden meegespoeld en in de dakgoot verdwenen. 'Ze gaan in de grond, want het zijn heel vuile beesten,' zei ik bij mijzelf. Het jampotje wierp ik in de tuin, waar het zonder te breken op de aarde neerplofte. Ik sloot het raampje en ging achter de hutkoffer staan, als was het een toonbank. Van hier keek ik naar Maarten, die uit het raampje bleef zien. 'Hij is de kat en moet in de koffer,' dacht ik.

'Je hoeft niet vandaag al lid te worden,' zei ik overredend. 'Als je er niet helemaal zeker van bent, kun je beter tot morgen wachten. Want nou meteen in de club komen is gemakkelijk genoeg, maar dan word je misschien een papieren lid.'

Maarten begon de opening in de muur te betasten en er de papiervulling aan snippers uit te trekken. Ik liet hem hiermee ophouden. 'Dat is ook iets wat in het reglement van de club komt te staan,' zei ik: 'je mag bij elkaar thuis niets stukmaken. Wie dat doet moet eruit.' Terstond schreef ik op: '3. Als er een vergadering is in iemand zijn huis, mag niemand iets kapotmaken. Wie dat wel doet, moet eruit.' Ik las Maarten dit voor, nam de bijl en begon een eind naast het gat kalk van de muur te kloppen. Plotseling zei Maarten dat hij naar huis moest en vertrok. Terwijl hij de trap afging, keek ik hem spiedend na en schoof weer stil de zolder op. Ik haalde het papier, dat ik in mijn zak bewaarde, te voorschijn, streepte aan beide zijden wat erop stond door en schreef op: 'PLAN-TENMARTELINGEN. Je kan een dunne tak van een plant, terwijl hij nog aan die plant vastzit, tegen het hek vast-spijkeren. Dan gaat hij langzaam dood. Je kan er ook in snijden en dan inkt erop doen, dat het erin komt, dan krijgt hij helemaal een andere kleur en hij gaat dood, maar het duurt heel lang.' Ik liet een witruimte open en schreef iets lager, met een nieuwe alinea: 'Als er een pad-destoel is, kan je er een vuurtje onder maken van lucifer-doosjes. Dan wordt hij gebraden van onderen, terwijl hij nog in de grond zit, want hij staat er nog.' In een laatste alinea zette ik: 'Als er spinnen op de plant zitten, moet je er ook een vuur onder maken. Dan kan hij niet meer weg.' Na het opvouwen stak ik het, omdat ik mijn broekzak geen voldoende veilige plaats vond, onder mijn hemd op mijn borst.

Ik riep onze kat, een grijs met wit gevlekte, boven en koesterde haar enige tijd. Daarna haalde ik van beneden enige stukjes biscuit en zette een hoog, vierkant kistje, waarin vroeger thee had gezeten, in labiel evenwicht op de traprand neer met de opening naar mij toe. Ik voerde de kat een paar stukjes biscuit en wierp de laatste brokjes in de kist. Het dier liep deze binnen, verstoorde door haar zwaarte het evenwicht en stortte erin naar beneden. Ik volgde nauwlettend de val. Ik ging terug op de zolder om het geschrift aangaande planten opnieuw te lezen. Toen ik op het punt stond het weer toe te vouwen, hoorde ik mijn broer naar boven komen, zodat ik het opat.

Ook Maandagmorgen was het regenachtig; 's middags bleef het betrokken. Toen ik uit school was gekomen, wilde ik naar de zolder gaan, maar mijn moeder bleek daar bezig de was op te hangen. Ondanks de kilheid ging ik nu in het berghok zitten. Toen ik het al te koud kreeg, stak ik een blikken busje met spiritus aan en keek in het ijle, roerloze licht. 'Dit is de godsdienstige vlam,' zei ik plechtig. Ik ving een hooiwagen en gooide hem in de gloed. 'Van alle kanten worden offers gebracht,' zei ik, de woorden half zingend. Van tijd tot tijd wierp ik een blik in Maartens tuin.

Toen ik hem zag, doofde ik de spiritus en slenterde met onverschillige tred op hem af. Hij stond met zijn regenjas aan naar de hemel te kijken. 'Gaat het regenen?' vroeg hij. 'Ik denk van wel,' zei ik, 'maar niet erg.' Haastig vervolgde ik: 'Het hindert niets, of het eens slecht weer is, want ik heb al een clublokaal, waar we vergaderen kunnen; dat mogen we altijd gebruiken.' Maarten bleef naar de lucht zien. 'Het is daar,' zei ik, op het berghok wijzend. 'Er zijn misschien wel leden die denken dat het niet zo goed is, omdat het koud is, maar we mogen er een vuur hebben. Dat is een vlam in een pot. Die staat voor de voorzitter en hij gaat niet uit en toch hoef je er niks op te gooien.' Ik vroeg hem mee te komen om het te zien, maar hij deelde mee dat hij een boodschap moest doen naar een klokkenwinkel om een reparatie af te halen. Ik ging met hem mee.

Terwijl we voortliepen, zeiden we lange tijd niets. Eindelijk verbrak ik het zwijgen. 'Je kan nog steeds tot de club toetreden,' zei ik. 'Of vind je Nieuwe Leger Club geen goede naam?' Ik bracht hem onder het oog, dat er dan een nieuwe vergadering kon worden gehouden. Toen hij antwoordde, dat hij een club van twee leden, die bovendien vlak bij elkaar woonden, onzinnig vond, stelde ik hem voor nieuwe leden aan te werven. 'Ik wil helemaal niet in een club,' zei Maarten tenslotte. We zwegen weer lange tijd. Opnieuw sprak ik het eerst. 'Ben jij iemand, die erg gauw bang is?' vroeg ik. 'Helemaal niet,' antwoordde hij. 'Toch dacht ik, dat jij niet erg moedig was,' hield ik aan. 'Je ziet er eigenlijk niet erg moedig uit. Ik geloof nooit dat jij echt flink bent.' Hij zei niets terug. Tot aan de winkel wisselden we geen woord.

We moesten in een smal straatje zijn. Voor de winkel bleven we staan, want er stond iets in de etalage, waar we naar moesten blijven kijken. Het was een samengesteld werktuig, dat ik een ogenblik voor een weegschaal hield. Bij nadere beschouwing bleek het evenwel een machine zonder nut te zijn en slechts bedoeld om het publiek te verbluffen of te vermaken.

Bovenin stortten zich met tussenpozen metalen ballen van wisselende grootte in een koperen nap, waarna een grote wijzer het gewicht aanwees. Daarop vielen de kogels in de vakjes van een schoepenwiel, dat door hun gewicht werd aangedreven. De werking van dit rad werd vertraagd overgebracht op een zeer lange, een paar centimeter op en neer gaande arm, die uit de machine stak.

Deze droeg twee naast elkaar gelegen en door schuttinkjes afgezette rijwegen voor een race-autootje, dat ze onophoudelijk beurtelings afreed: aan de einden zorgden vernuftig gebouwde verbindingsbochten ervoor, dat het wagentje zonder botsen of kantelen kon keren en terugrijden. Dit voertuigje ontroerde mij. Het was een rood autootje dat het witte kenteken 'W 13' droeg. Op een zwart vlaggetje, dat de bestuurder vasthield, stond in lichtblauwe lettertjes: 'Rit des Doods'. Zijn hoofd was ingepakt in een valhelm en een leren masker, dat zijn gezicht verborg. Voor het geheel stond een bordje in blokschrift met de tekst: 'Deze Perpetuum, Race Auto Baan, werd uit 871 delen in 14 maanden opgebouwd (ook alle Delen zelf vervaardigd). Door een invalide mijnwerker, die op deze wijze in onderhoud wil voorzien. De kaarten zijn te verkrijgen à 20 cent per stuk of bij J. Schoonderman, Beukenplein 8 hs. Per 10 stuks ƒ 1,75.'

Rondom lagen fletse prentbriefkaarten met een afbeelding van het toestel. Er was vrij veel stof op neergedaald. 'Het is een mooi ding,' zei ik. In werkelijkheid voelde ik een grote treurigheid naderen. 'Ik moet naar iemand toe,' zei ik gejaagd, toen Maarten aanstalten maakte naar binnen te gaan, 'dat was ik vergeten: ik heb geen tijd meer.' Voordat hij iets had kunnen antwoorden, had ik me reeds in sukkeldraf gezet en liep het straatje uit. Toen ik er zeker van was, dat hij me niet meer zou inhalen, ging ik aan de sloot langs de weg staan en keek scherp uit naar stukken hout, maar ik zag niets van dien aard drijven. In een portiek bleef ik op Maarten wachten. Toen hij voorbij was gekomen volgde ik hem de hele weg naar huis op een afstand. 'Ik loop achter hem, maar hij weet het niet, dat ik hem volg,' zei ik tot mijzelf.

Toen ik dicht bij huis kwam, spiedde ik zorgvuldig rond en ontdekte Maarten in zijn tuin. Op de zolder kon ik nog niet komen, zodat ik besloot enige tijd rond te wandelen. Het was niet zeer koud; de motregen voelde lauw aan. Ik wandelde langs Werthers huis en begaf me naar de plantsoenen bij de dijk. Hier betrad ik na enig uitkijken de kleine bosschages.

Hier en daar was de grond, die sappig was en mijn schoenen vastzoog, bedekt met mos. Ik zocht een plek uit waar ik zonder door wandelaars gezien te kunnen worden, Werthers woning kon gadeslaan. Hier nam ik plaats op een afgebroken stammetje, dat me bij het zitten pijn deed en begaf me in overpeinzing. Het bleek dat ik wel een stompje potlood, maar geen papier bij me had. Ik vond echter op de grond een vochtig sigarendoosje. Hier schreef ik op: 'Ik zit in de spionagetoren uit te kijken naar Werther zijn huis. Op het ogenblik zie ik nog niets. Als ik onraad zie zal ik een bode sturen.' Ik trapte het doosje in elkaar en dreef het met hielstampen de grond in.

Juist toen ik hiermee gereed was, hoorde ik gejoel en gelach naderen. Ik zag over het brede grindpad een vrouw voorbijhollen, die af en toe haar vaart inhield om een slag rond te draaien. Eerst dacht ik dat ze dit deed om achterom te zien, maar het had meer van een zekere combinatie van danspassen. Voordat ik een nauwkeurige waarneming had kunnen doen, was ze al voorbij. Ik trad uit de struiken te voorschijn om haar na te zien; net toen ik op het pad stond bereikte mij een verzameling van wel dertig joelende kinderen, die haar kennelijk volgden. Ik mengde mij onder hen en stoof met hen voort. We begonnen de vrouw in te halen. Deze betrad, toen ze de straat bereikte, het trottoir en bleef staan. Al haar achtervolgers hielden op zekere afstand van haar halt. Ik was een van de achtersten.

De vrouw draaide zich om, maakte een buiging en greep aan haar beide zijden de rand van haar rokken. Toen ze zich weer oprichtte zag ik dat het Werthers moeder was. Er bekroop mij een hevige angst. Bevreesd dat ze mij in de menigte zou ontdekken, bukte ik me een weinig en liet me iets door mijn knieën zakken. 'Ze heeft geen jas aan,' dacht ik.

Ze begon op de plaats snelle passen uit te voeren, waarbij ze telkens luid met haar schoenzolen op de tegels sloeg. Plotseling tilde ze haar rokken tot om haar hoofd omhoog, waarbij ze bijna haar evenwicht verloor. Toen ze ze weer had laten vallen, bleef ze even staan en begon toen kortere, meer ingehouden pasjes te maken, waarbij ze neuriënd zong.

Uit een nabij portiek kwamen nu twee vrouwen, van wie de een een wit kapje droeg, als een verpleegster. De andere had een mantel aangedaan. Ze vatten Werthers moeder voorzichtig bij de bovenarmen. 'Mevrouw Nieland, U moet gauw naar huis,' zei de vrouw met het kapje op. 'Het is hier veel te koud. Het is al laat. U moet gauw naar huis.'

Ze bleven haar vasthouden. Ze maakte wel tegenstribbelende bewegingen, maar verzette zich niet met kracht. We kwamen nader.

'Ik dans op de maat van de muziek,' zei Werthers moeder. 'Ik ben danseres Agatha.' Dit zei ze op gewone, zakelijke toon, maar direct daarop liet ze wrevelig volgen: 'Iedereen moet niet denken dat hij weet wat dansen is. Dansen is nog wat anders dan de mensen denken.' De twee vrouwen trokken haar met zachte drang mee. Haar donkere, bebloemde jurk bolde af en toe in de wind, die haar gepluisde haar telkens oplichtte. Ik wilde weglopen, maar kon er niet toe komen.

Opeens begon ze te schreeuwen. 'Onderwijs!' riep ze. 'Dat is helemaal geen onderwijs! Dat lijkt er niet op!' Haar gezicht stond vermoeid en gloeide, maar ze glimlachte voortdurend. De twee vrouwen trokken haar nu sneller voort en brachten haar de deur van haar woning binnen.

Er hadden zich nu ook volwassenen bij ons gevoegd, onder wie de sigarenwinkelier van de hoek. Hij keek toe, maar zei niets.

Ik was, hoewel het niet meer nodig was, werktuiglijk gebukt achteraan blijven staan. Een meisje gaf mij een duw, zodat ik omviel. 'Je zit zeker potje te poepen,' zei ze. Van Werthers woning was de deur dichtgegaan. Ik liep langzaam een paar passen weg en holde toen naar huis. Ik begreep, dat ik veel zou moeten nadenken.

In de tuin ontstak ik na het eten een houtvuur in een oude ijzeren ton en bleef erbij staan. De wanden werden roodgloeiend. Ik riep Maarten om het te komen zien. We waterden tegen het ijzer en verwekten wolken stoom. Toen het vuur uitgebrand raakte, stelde hij voor een grote kartonnen doos, die in zijn tuin stond, met brandende inhoud op het water te laten varen. We namen het benodigde mee en gingen naar de wetering. De doos, gevuld met houtwol, stukken karton en droge takken en op de bodem bezwaard met een straatklinker, brachten we in evenwicht op het water, staken hem aan en zetten hem af. Daar de wind ongunstig was, voer hij langzaam terug. We gaven hem weer een duw maar ook ditmaal keerde hij langzaam weer. Maarten zei dat hij, als hij het windpistool bij zich had gehad, de doos door één of twee schoten tot zinken had kunnen brengen. Deze brandde langzaam uit tot vlak boven de waterlijn, raakte doordrenkt en doofde sissend uit, waarna hij zonk. We gingen aan de walkant zitten.

Hoewel het donker was konden we boven de begraafplaats rook zien opstijgen, die in onze richting woei. Hij geurde naar smeulende, onvolledige verbranding. 'Daar verbranden ze de beenderen,' zei Maarten. 'Als de doden zeven jaar onder de grond hebben gelegen, is het vlees eraf.' Hij voegde hier nog bijzonderheden bij. De beenderen, die in zijn kamertje hingen had hij, naar hij beweerde toen de sloten bevroren waren, van grote knekelhopen op de begraafplaats gehaald. Hij had dit in samenwerking met anderen gedaan. Ze hadden ook doodshoofden meegenomen, maar waren die weer kwijtgeraakt, omdat ze bij hun terugtocht op het ijs ermee waren gaan voetballen, zonder te weten dat het personeel van het kerkhof hen achterop kwam. Op het laatste ogenblik waren ze nog ontkomen, maar hadden de schedels moeten laten liggen. Het dooide al en toen ze terugkwamen was het ijs al gescheurd.

Ik wist niet of het waar was, wat hij vertelde. Tenslotte beweerde hij, dat op sommige van de koppen nog haar had gezeten. Deze bijzonderheid kon, zo dacht ik, onmogelijk verzonnen zijn, zodat ik nu zijn hele verhaal geloofde. 'De dag heeft drie tekenen,' zei ik bij mijzelf: ik meende dat het dansen van Werthers moeder, het terugvaren van de brandende doos en Maartens verhaal over de doodsbeenderen op een geheime wijze met elkaar in verband stonden.

Toen we thuiskwamen, nam ik Maarten mee naar de zolder en deed er het elektrisch licht aan. Terwijl we naar boven gingen verlangde ik echter reeds alleen te zijn. Maarten zag onderzoekend rond en bekeek de hutkoffer. 'Dat is de geheime kist,' zei ik. 'Daar mag jij niet aankomen.' Ik ging erachter staan en nam papier en potlood. 'Ik moet toevallig iets schrijven wat over de club gaat,' zei ik, op het papier ziend alsof daarop een mededeling stond. 'De bode heeft een dringend bericht gebracht. Ik moet dat in orde maken, maar er mag geen niet-lid bij zijn.' Ik keek hem peinzend aan. 'Jij moet weggaan,' besloot ik, 'daar is niets aan te doen.' Maarten vertrok zonder iets te zeggen. Terwijl hij de trap afdaalde, zei ik: 'Je mag hier niet meer komen, want ik kan onmogelijk met vijanden van de club omgaan.'

Ik stak een kaars aan, deed het elektrisch licht uit en schreef op: 'De Leger Club. Wat de club kan doen. We kunnen dozen laten varen die branden. Dat is goed om de watermonsters te pesten. 2. Op de begraafplaats gaan als het vriest en beenderen en koppen halen. Als het niet vriest leggen we een dam aan. Dat moet gedaan worden door leden die veel van graven en bouwen weten. Aan het hoofd staat een hoofdman, dat is de voorzitter van de club. 3. Gaan kijken in de bosjes als er bijvoorbeeld iemand voorbijkomt die hard loopt en dansen gaat. Dat kun je zien, want ze heeft geen jas aan.' Het laatste punt bracht mij tot diep nadenken. Ik zette onder het geschrevene de datum, borg het onder de dakpan en nam een nieuw blad. Ik besloot Werther een brief te zenden en schreef op: 'Werther, ik moet je dringend spreken, want het is heel belangrijk. Er dreigt gevaar. Ik wacht morgen om vier uur op je. Bij jouw huis op de hoek. Elmer.'

Ik kreeg toestemming nog even de straat op te gaan. Toen ik in Werthers portiek stond, woei mij dezelfde geur tegemoet als die ik bij hem thuis had waargenomen. Ik drukte de brievenbus open, maar in plaats van de brief erin te werpen, luisterde ik eraan, terwijl ik de straat in het oog hield. Er suisde slechts tocht langs mijn oor en ik hoorde niets. Toch bleef ik luisteren. Na enige tijd hoorde ik gestommel van voetstappen door een der kamers en gedempte stemmen. Ik overwoog de deur met een loper die ik bezat te openen en onder aan de trap te gaan zitten, maar dit dorst ik niet.

Plotseling ging ergens op de bovengang een deur open en herkende ik de stem van Werthers moeder. 'Ik heb heel wat meer macht dan jullie denken,' zei ze luid. 'Ik heb de groene edelstenen die in...' (Hier gingen enige woorden verloren.) Daarna werd de deur vrij krachtig weer dichtgeslagen; ik hoorde nog wel stemmen, maar te zwak om ze te onderscheiden. Ten slotte wierp ik het briefje in de bus en ging naar huis.

De volgende dag stond ik 's middags op de aangegeven plaats op wacht. Ik was snel uit school komen lopen en ik wist, dat ik Werther moest treffen, want hij bezocht een particuliere school op wel twintig minuten gaans van zijn huis. Toen ik hem zag aankomen, holde ik hem tegemoet en liep met hem mee, waarbij ik een lange uiteenzetting deed. 'Er is een heel erg misverstand,' zei ik. 'Dat moet opgehelderd worden. Wij zijn helemaal geen vijanden, maar er was iemand die de club kapot wou maken: die zaaide tweedracht.' (Deze laatste uitdrukking had ik kort tevoren ergens gelezen.)

Werther was niet kwaad meer en hoorde mij welwillend aan. 'Morgenmiddag moeten we samenkomen,' zei ik. We waren op de stoep voor zijn woning beland. Hier bleef hij aarzelend staan. 'We moeten praten,' zei ik, 'dat is noodzakelijk.' Opeens stak zijn moeder haar hoofd door een klein raampje, dat niet op een kamer en evenmin op de trap kon uitkomen. Van hieruit begon ze een gesprek.

'Dag jongens,' riep ze lachend. Ik wist niet zeker of haar handelwijs gewoon was of zeer wonderlijk. 'Moeder, u lijkt wel een acrobaat,' zei Werther. Hij grinnikte heel even, maar keek toen weer strak naar boven.

Zijn moeder maakte met haar hoofd enige koddige, schuddende bewegingen, stak toen haar kin naar voren en vroeg: 'Is dat niet je vriendje Elmer? Hebben jullie weer een plan uitgebroed? Jullie zijn wel leuke vogels. Kom eens boven.'

Werther scheen te aarzelen, maar toen zijn moeder haar verzoek herhaalde, gingen we de trap op. Zijn moeder stond ons reeds op de overloop op te wachten. Ik berekende door nauwlettend rondzien waar het raampje kon zijn geweest en stelde vast, dat het op de WC moest uitkomen.

'Ik keek al een hele tijd naar beneden,' zei ze, 'maar ik zei niks. Ik had jullie eigenlijk water op jullie kopjes willen gooien. Had je dat leuk gevonden, Elmer?' vroeg ze.

'Het was wel aardig geweest,' zei ik, naar de grond ziend; 'het is nog een beetje te koud ervoor.' Ik voelde me onbehaaglijk.

We hadden ons naar de keuken begeven. 'Koud water is goed tegen naar dromen,' zei ze. 'Werther, vertel je vriend eens wat je aldoor droomt.'

Ze maakte, terwijl ze met een hand op de vensterbank leunde, een paar huppelende pasjes. 'Vertel het maar,' drong ze aan. 'Het is een vreemd ventje, niet?' zei ze en greep Werther bij zijn haar. 'Ben jij ook zo vreemd?' Meteen vatte ze ook mij bij mijn haren en schudde zacht mijn hoofd. Ik dorst niet de geringste beweging te maken.

'Nou,' zei Werther, 'aldoor zit me een vent achterna. Die heeft een groot broodmes en daar wil hij mijn lippen mee doormidden snijden.' Hij gaf het met zijn wijsvinger aan met hetzelfde gebaar als waarmee men om stilte verzoekt.

'Maar we zijn naar de dokter geweest, Werther,' zei zijn moeder. 'Ja Elmer,' zei ze, zich tot mij wendend, 'we zijn met Werthertje bij de dokter geweest. Hij is overgevoelig. Hij moet elke middag of avond met koud water gewassen worden. Ik zal vast de tobbe vol laten lopen. Hij moet natuurlijk helemaal uitgekleed.'

Op dit ogenblik kwam Werthers zuster thuis. 'Jullie mogen samen baden,' zei zijn moeder, 'dan maak ik het water niet zo koud.' Ze begon een grote tobbe, die ze van de veranda haalde, met een rode rubberen slang vol te laten lopen en zegde Werther en Martha aan zich uit te kleden.

'Je mag gerust mee baden,' zei ze tot mij. 'Nee, dat hoeft niet,' zei ik. 'Ik ben vanmorgen nog in het bad geweest.' (Maar dit was niet waar.) 'Je mag er best nu hier ook nog een keer in hoor,' zei ze. 'Dan kunnen jullie naderhand nog wat stoeien om goed droog te worden. Want meteen weer aankleden hoeft niet.'

Ze sprak schijnbaar onverschillig, maar in werkelijkheid was er iets dwingends in haar stem, dat me bevreesd maakte. Werther en Martha waren begonnen zich uit te kleden. Hun kleren legden ze op de keukenstoel. Het viel me op, dat Werther zich zeer traag ontkleedde en telkens bedremmeld in het rond zag Zijn moeder maande hem tot spoed aan.

'Je hoeft je nooit voor iets aan je lichaampje te schamen,' zei ze. 'Dat is iets heel gewoons. Elmer baadt met jullie mee, of niet.' 'Nee, nu niet,' zei ik snel, 'het hoeft niet.'

'Als je niet wilt hoeft het niet,' vervolgde ze, 'maar het

is erg goed voor je. Jij zal ook wel eens nare dingen dromen?'

'Ik heb van een walvis gedroomd,' zei ik. Onmiddellijk had ik spijt van deze mededeling en begreep ik dat ik eenvoudigweg ontkennend had moeten antwoorden. 'Maar het was helemaal niet naar, juist leuk,' voegde ik er snel aan toe. Ik overlegde hoe ik plotseling het huis uit zou kunnen rennen, maar deed het niet, want ik kon op de trap struikelen. Martha, die reeds naakt was, verklaarde dat ze het koud had en holde naar de huiskamer.

Werthers moeder bepaalde, dat ze nog niet onmiddellijk in het water hoefden: eerst mochten ze nog ongekleed rondlopen.

'Gaan jullie binnen maar worstelen,' zei ze. 'Dan kom ik wel kijken wie het wint.' Werther aarzelde echter om zich van zijn ondergoed te ontdoen.

'Je hoeft heus je dingetje niet te verstoppen,' zei ze. 'Dat heeft je vriendje ook. Of niet soms?' Ik knikte flauw en zocht naar enig woord om te zeggen, maar kon niets uitbrengen. Ik probeerde onmerkbaar naar de hoek van de keuken te schuifelen. Opeens echter naderde ze me van achteren, sloeg een arm om mijn hals en tastte met de andere, over mijn schouder heen, naar beneden; haar adem blies in mijn nek. Ik stond doodstil: bij het geringste verzet zou ze, dat wist ik, een dun mes of een lange naald in mijn nek steken tot het merg was bereikt. Het duurde enkele seconden voor ze het doel van haar tasten bereikte. Daarop liet ze me los en sprong naar het raam. Haar gezicht was rood. Werther keek in het water van de teil. Er was een tel stilte. 'Dat dingetje van jullie is ergens voor,' zei ze. 'Dat is om iets te doen, dat helemaal niet iets geks is. Vogels doen het ook.'

De straatdeur werd geopend en er kwam iemand de

trap op. Het was Werthers vader. Hij keek de keuken binnen, maar zei niets. Daarna zagen we hem de huiskamer binnengaan, maar ook deze verliet hij weer snel om een trap op te gaan. Hij keerde hiervan terstond weer terug, betrad de keuken en bleef zwijgend staan. Ik overwoog hem te groeten, maar dorst dit niet te doen.

De man bleef, als had hij ingewikkelde overwegingen tot klaarheid te brengen, zwijgend staan. 'Moeder,' zei hij toen, zonder iemand aan te zien, 'morgen komt trante Truus Martha en Werther ophalen voor het kleine circus.' Hij had deze zin onzeker uitgesproken, waarbij hij door de ramen op de veranda staarde. Werthers moeder zei niets en scheen niet te luisteren. 'Agatha,' zei hij. Ze keek nu plotseling op. 'Wie haalt Werther en Martha op?' vroeg ze. 'Wat is dat allemaal? Waar is dat goed voor?'

Werther stond, nu geheel naakt, bij de verandadeur. Ik overdacht hoe het zou zijn als hij naar buiten zou gaan en naar beneden zou springen. 'Hij wordt een dode vogel,' dacht ik, terwijl ik hem bekeek. Ik geloofde dat hij het koud had.

'Agatha,' zei Werthers vader, 'ik zeg het je om het je te laten onthouden. Als Truus komt, moeten ze klaar zijn. Dat ze meteen mee kunnen.'

'Dus ze gaat met ze naar het circus?' vroeg ze. 'Ik ga in ieder geval mee, dat kan makkelijk.' 'Agatha,' zei Werthers vader nu onmiddellijk, 'wij zouden toch morgenmiddag thuis zijn? We zouden toch over het een en ander praten, dat hebben we toch afgesproken? Dat weet je best.' 'O,' zei ze, 'ja. Morgenmiddag zijn we thuis. Dat is wel gezellig. Maar als het circus erg leuk is, ga ik misschien toch wel mee: heel eventjes maar.' Ze glimlachte en sprak al zachter om ongemerkt op te houden.

'Werther,' zei de man, 'luister. Ik zeg je dit voor het geval moeder het vergeet. Jullie moeten allebei na het brood eten thuis blijven en niet de straat opgaan en je niet vuil maken.' 'Ja,' zei Werther, terwijl hij zijn vader aanstaarde. Deze vervolgde: 'Dan komt tante Truus jullie halen en dan gaat ze met jullie naar een soort klein circus. Denken jullie eraan?'

'Werther zou morgenmiddag bij mij komen,' zei ik opeens. 'Ik zou eerst bij hem komen en dan zou hij met mij meegaan.' Ik wist even niet zeker of ik de zinnen werkelijk had uitgesproken.

'Nou, dan ga jij ook mee,' zei Werthers vader snel. 'Werther, hij mag ook mee.' Werthers moeder stond wiegelend en met een starre glimlach naar de mat te kijken.

'Wat is dat, waar we heengaan, vader?' vroeg Werther nu.

'Kijk Werther,' antwoordde deze, 'het is een soort variété, een circusje in het klein. Met kleine dieren. Er is een man met een hond, die door een hoepel springt. Jullie mogen bij tante Truus blijven eten. Agatha, ze mogen bij Truus avondeten.'

Werthers moeder, die kennelijk niet luisterde, begon zacht te giechelen. Plotseling zei ze, zonder speciaal tot iemand het woord te richten: 'Maar dacht je dat dat onderwijs was? Dat is helemaal geen onderwijs. Dat heeft nergens iets mee te maken.' Ze bleef stilstaan.

'Werther, ga je eens aankleden,' zei zijn vader, 'ga maar naar binnen. Neem je kleren maar mee naar de kachel.' Werther verdween. Ik had hem wel willen volgen, maar durfde niet. We bleven met ons drieën achter. Werthers moeder begon te neuriën.

'Moet jij nog niet naar huis, jongen?' vroeg zijn vader

mij. 'Ja, eigenlijk wel,' zei ik, mij een houding gevend door te grinniken. Hij duwde mij met een hand tegen mijn achterhoofd de keuken uit en sloot de deur achter ons. Zonder werkelijke dwang, maar toch onontkoombaar dreef hij mij voort. We kwamen op de overloop. 'Ga maar gauw,' zei hij, 'anders ben je laat.' Hij keek mij niet aan. Ik betrad de eerste trede. 'Meneer,' vroeg ik, 'hoe laat moet ik morgenmiddag hier zijn. Want ik mocht toch mee?' Ik hield het voor mogelijk dat hij mij met een trap, misschien wel tegen mijn hoofd, naar beneden zou doen storten. Hij aarzelde even en zei toen, dat ik om twee uur moest komen. 'Hoe heet je?' vroeg hij. Ik zei mijn naam, groette en snelde naar beneden omdat ik bang was dat hij de brochure zou gaan opzoeken.

Thuis vertelde ik van de uitnodiging. 'We gaan met een tante van Werther naar het kleine circus,' zei ik. 'Wat voor circus?' vroeg mijn moeder. 'Het is een circus in het klein,' zei ik, 'een soort variété met veel kleine dieren. Met apen en konijnen. Er zijn ook honden, die door een hoepel gaan.' 'Je hebt toch niet aan die tante gevraagd of je mee mocht?' vroeg ze bezorgd. 'Juist helemaal niet,' zei ik. 'Die tante was niet eens bij hem. Ze hebben zelf gezegd dat ik mee moest gaan.'

De volgende middag gaf ze me 35 cent in een papiertje mee. 'Dat moet je aan die tante geven,' zei ze. 'Je hoeft niet op die mensen hun kosten mee.' Ik voelde door het papier dat het een kwartje en een dubbeltje waren.

Toen ik om tien voor twee aan Werthers huis aanbelde, deed zijn vader open. 'Ik ben Elmer,' zei ik, 'ik ga vanmiddag mee.' 'Wil je zo lang beneden wachten?' vroeg hij.

Het duurde zeer lang. Af en toe dacht ik dat ze al waren vertrokken. 'Hoe kan het, dat zijn vader overdag thuis is?' dacht ik. Eindelijk kwamen Werther en zijn zuster naar buiten. Ze werden vergezeld door een vrouw, die iets op Werthers moeder leek, maar zij was jonger. Wel had ze dezelfde kleine ogen, maar ze had een gewone mond en droeg het haar bijeengeknoopt. Ik wilde haar een hand geven, maar daarvoor kreeg ik geen tijd.

'We zijn laat, jonkies,' zei ze, 'vlug maar.' Het woei hard en het regende. Op weg naar de bushalte liepen we tegen de wind in, zodat er niet werd gesproken. Toen we in de bus zaten, zei de tante tot mij: 'Dus jij bent de vriend Elmer? Leuk dat je meegaat.' Ik had mijn hand reeds iets vooruitgestoken om het geld te overhandigen, toen de bus startte. We zeiden gedurende de rit niets. Werthers tante presenteerde geregeld pepermuntjes.

We stapten bij het eindpunt uit en liepen naar een tramhalte. Het was droog geworden. Onder het glazen afdak van de halte was het stil. Werther en zijn zuster hadden elk aan een kant van hun tante op de smalle bank plaats genomen. Ik slenterde in hun nabijheid op en neer. Ze praatten zacht. 'Ja,' zei Werthers tante, 'ik kom een poosje bij jullie wonen. Vinden jullie dat leuk?' Ik luisterde.

'Moeder is zenuwachtig,' vervolgde ze: 'dat hebben jullie misschien ook wel gemerkt. Dat wordt iemand als hij heel erg moe is. Ik kom bij jullie een beetje helpen.'

'Jullie hoeven het heus niet naar te vinden of te schrikken als moeder eens iets zegt, wat je helemaal niet begrijpt,' ging ze voort. 'Dat komt, ze is moe en dan gaan de gedachten door elkaar. Je weet wel wat ik bedoel: je vraagt wat en ze antwoordt heel wat anders dan je bedoelt.' 'Ja,' zei Werther half fluisterend. Hij liet zijn blik onrustig heen en weer gaan. Ik bereidde het overhandigen van het geld voor, doch de tram naderde, zodat ik er niet toe overging.

Het doel van onze tocht bleek een laag, caféachtig gebouw, dat in neonletters de naam 'Arena' droeg. Ik kon me niet voorstellen, dat er een circus kon zijn, want er behoefde aan de ingang niet eens betaald te worden. Ik dacht erover Werthers tante hierop opmerkzaam te maken, maar ze geleidde ons met zulk een zekerheid de draaideur binnen, dat ik wel moest aannemen dat ze de weg kende.

We kwamen in een lage, uitgestrekte zaal, echter met de stoelen niet als in een theater of bioscoop, in rijen, maar om tafeltjes gegroepeerd. Er waren dertig of veertig mensen binnen, die iets dronken of aten en naar een toneel keken, dat half in de zaal was gebouwd. Hierop stond een man met een angstwekkend gelaat. Zijn hoofd leek groot, zijn haar stond steil overeind en hij keek naar de punt van zijn neus. De einden van zijn schoenen had hij naar elkaar toe gedraaid. Er schenen felle, gekleurde lichtbundels op hem. Hij zweeg en scheen te wachten. De mensen giechelden. Net toen we aan een tafeltje gingen zitten, zette de muziek van een orkest in en zong de man met een onbeholpen, brauwende stem: 'Ik ben de slome, Ik ben de simpele, Ik ben de achterlijke Jopie!' Hij hield zijn mond alsof hij braakte.

Het bleek de slotzin van een nummer geweest te zijn, want het doek viel en de mensen klapten. Van ons vieren lachte alleen Martha.

Ik betuurde de prijslijst op tafel. Het goedkoopste was limonade, die vijfenvijftig cent kostte. Ik schrok hiervan en wilde het papier wegleggen, maar Werthers tante had me het al zien lezen en vroeg, of ik iets wilde hebben. 'Nee, helemaal niet,' zei ik snel. Intussen ging het doek open voor een nieuw nummer. Het scheen een soort toneelstuk te zijn; ik begreep het niet. Het begon als volgt: in een kamer met een kamerscherm en een bureau wachtten twee mannen in witte jassen. Uit hun zakken hingen dunne rubberen slangetjes. 'Dokters hebben maar een moeilijk leven,' zei de een. 'Er komt nooit eens een lekkere meid op spreekuur,' zei de ander.

Werthers tante wenkte de kelner en vroeg hem om een programma, maar dit was er niet. 'Het gaat alsmaar door en er komt aldoor wat anders,' antwoordde hij. Werthers tante bestelde voor zichzelf koffie en voor ons drieën limonade.

Het toneelstuk ging voort. Er kwam een dikke dame met een meisje, vermoedelijk haar dochter, binnen. Ze wilde zich laten onderzoeken en kleedde zich achter het scherm uit. Een paar keer kwam ze erachter vandaan om naar links en naar rechts uit te kijken. Iedere keer had ze meer kleren uitgetrokken, die ze van binnen uit over het scherm had gehangen. Telkens als ze verscheen lachten de mensen luid. Het meisje stond met haar vingers in de mond naar de vloer te kijken. 'Kan jij vadertje en moedertje spelen?' vroeg een van de dokters. 'Hoe is dat?' vroeg het meisje op domme, zeurderige toon. De mensen aan de tafeltjes lachten.

Ik werd bevreesd en besloot niet meer te kijken. Ik dronk met grote moeite van de limonade, die in mijn neus prikte. Werthers tante scheen het te merken. 'Je hoeft het niet tegen je zin op te drinken,' zei ze. Ik haalde nu het geld te voorschijn en maakte het plan, het bedrag ingepakt in papier in haar tasje te werpen.

Intussen bespiedde ik Martha en Werther. Martha scheen alles, wat op het toneel geschiedde, kleurrijk en grappig te vinden. Ze lachte telkens. Werther evenwel staarde met een sombere blik voor zich uit.

Een van de doktoren onderzocht de dame, die alleen nog haar korset en schoenen aanhad, met slangetjes, die ik als stethoscoop herkende. Onderwijl maakte hij mompelende opmerkingen, waarom hier en daar gelachen werd, maar wij zaten te ver om ze te verstaan.

Ik wilde het ingepakte geld met een zo vlot mogelijke beweging in de open tas van Werthers tante gooien, maar de worp miste en het viel op de grond. Ze hoorde het en raapte het op. 'Viel dat van het tafeltje?' vroeg ze mij. 'Ik weet het niet,' antwoordde ik. 'Dat heeft zeker iemand laten liggen,' besloot ze, nadat ze het papier had opengemaakt. Er beving mij een hevige schrik, want het bleek beschreven. Ze las het op: 'Melkboer anderhalve kan, het geld komt morgen wel.' Verder bevatte het niets, zodat ik weer enigszins gerust was. Ze bepaalde, dat het zinloos was moeite te doen om de eigenaar op te sporen. 'Jullie mogen er iets te snoepen voor kopen,' zei ze.

De dokter was klaar met onderzoeken en verklaarde, dat ze gezond was. Daarna onderzocht hij, zonder dat ze zich had uitgekleed, de dochter. 'Ze moet heel nodig een spuitje hebben,' zei hij. 'Gut, weet u dat nou al,' riep de moeder, 'ze heeft nog niet eens wat uitgedaan. 'Nee,' zei de ander, 'dat kunnen we zo wel aan haar zien.' Daarna maakten moeder en dochter aanstalten om te vertrekken.

'Uw dochter moet morgenmiddag maar even alleen op het spreekuur komen,' zei de eerste dokter. 'Is het duur?' vroeg de moeder. 'Nee, heus niet,' verzekerde dokter, 'dat spuitje krijgt ze voor niets.' 'Kan het geen kwaad,' vroeg de dame nu. 'Nee, heus niet,' verzekerde de dokter. 'Ze worden er soms wel een tijdje dik van,' zei de ander, 'maar dat gaat vanzelf over.'

De aanwezigen joelden. Werthers tante wenkte de kelner. 'Komen die dieren nog?' vroeg ze, 'de hond met die hoepel?' 'Nee mevrouw,' antwoordde de man, 'dat was verleden week.' 'En wat is er nu dan?' hield ze aan. Ze vernam dat het programma bestond uit schetsen, tapdansen en acrobatiek. Werther keek bij het gesprek gespannen toe. Opeens kreeg ik het gevoel dat hij misschien dezelfde gedachten had als ik en dat wij wellicht, zonder dat iemand het wist – want het werd geheimgehouden – broers waren.

'Het is niet zo geschikt,' zei zijn tante. 'We zullen gaan.'

Ik begon met uiterste wilskracht mijn limonade uit te drinken. Op het toneel ontstond een finale: De vrouw met haar dochter kwam, na onder applaus te zijn vertrokken, weer terug en het orkest maakte een trommelend gedreun. Plotseling zetten alle vier pruiken als van poetskatoen of van watten op en traden tot de rand van het toneel. De muziek zette een trage, slepende melodie in. Hierop begonnen alle vier met schokken hun heupen op de maat naar voren en naar achteren te gooien en zongen meerstemmig: 'Naaien, naaien, naaien met verstand. Al nemen ze onze machine af, dan naaien we met de hand.' Aan het eind bogen ze, terwijl de muziek opnieuw trommelde. We gingen naar buiten.

'Verleden week was het erg aardig,' zei tante Truus, 'maar dit is niet zo geschikt.' Ik vroeg me af, waar we heen slenterden. 'Gaan jullie met zijn tweeën eens wat kopen,' zei ze opeens, gaf Werther het geld en zond hem met mij een comestibleszaak binnen. Er stonden vrij veel mensen. 'Werther,' zei ik, terwijl we wachtten, 'jij moet Zondag met mij mee gaan naar mijn oom en tante. Ik ben nu met jou mee geweest, dus Zondag mag je met mij mee. Dat heb je wel verdiend.' We kochten dadels en zuurstokken en besteedden het hele bedrag. Ik wilde hem opnieuw verzoeken mij Zondag te vergezellen, maar we waren reeds de winkel uit en bij zijn tante teruggekeerd. Deze keurde onze aankoop goed. Het begon te motregenen. Werther verdeelde de dadels, maar ze smaakten me niet. 'Ik ga maar weer naar huis,' zei ik. Zijn tante probeerde mij te overreden bij hen te blijven, maar ik gaf niet toe. 'Ik moet weer vroeg terug zijn,' zei ik. Tenslotte gaf ze zich gewonnen en vroeg of ik geld voor de tram had. 'O ja,' zei ik, maar ik had niets bij me. Toen ze me erheen wilde brengen zei ik, dat ik nog even een paar winkeletalages wilde bekijken en dan zelf op de tram zou gaan. Ik vertrok met een vluchtig wuiven van de hand. Toen ze al een eindje weg waren, liep ik weer terug en vroeg Werther of ik Zondag op hem kon rekenen. Voordat hij had geantwoord, holde ik reeds weer weg, maar in dit korte ogenblik reikte zijn tante mij een zuurstok aan, die ik aannam. Ik begon de zeer lange weg naar huis te voet af te leggen en at zonder smaak de zuurstok op.

'Heb je het geld aan die tante gegeven?' vroeg mijn moeder. 'Ja, ze heeft het,' zei ik. 'Was het leuk?' vroeg ze. 'Ja, het was wel lollig,' zei ik mat en ging naar de zolder. Hier schreef ik een briefje naar Werther van de volgende inhoud: 'Werther. Je moet Zondagmiddag meegaan, want het is erg lollig. Je moet zo vroeg als je kan bij mijn huis komen. Als je thuiskomt is de brief al in de bus.' Er heerste, toen ik hem ging bezorgen, dezelfde regen als toen we vertrokken waren. Voor Werthers huis stond een witte auto, waarbij wat mensen stonden te praten. Ik passeerde hen, betrad het portiek en wierp het briefje in de bus. Juist toen ik dit had gedaan, hoorde ik

gestommel op de trap en rumoerige stemmen, die in uit-
roepen overgingen. 'Nu rustig vasthouden,' zei een hoge
mannenstem, 'en niet loslaten.' Ik luisterde aan de brievenbus. Er klonken bonkende, half struikelende geluiden, alsof er werd geworsteld. Op dit ogenblik naderde
mij een man uit de groep, die bij de auto stond en joeg mij
weg. Ik rende een eind het plantsoen in en zocht de plek
op waar ik al eerder tussen de struiken had zitten uitkijken en nam op het stammetje plaats. Op dezelfde wijze
als tevoren bleef ik Werthers huis bespieden. Er gebeurde echter niets bijzonders. De struiken gaven onvoldoende beschutting, zodat ik nat begon te worden en
naar huis ging.

Nog dezelfde avond vroeg kwam Werther antwoord
brengen in een brief, die hij mijn moeder overhandigde.
Ze riep mij, maar toen ik aan de deur kwam was Werther
al verdwenen. Het briefje luidde: 'Beste Elmer. Ik ga
Zondag graag mee. Ik kom bij jou, jij moet niet naar mij
toe komen. Voordat het zondag is, ga ik nog wel naar je
toe. Jij moet niet bij mijn huis komen. Werther.' Deze
brief stemde mij tot nadenken.

Het verdere deel van de week kwam hij niet opdagen.
Ik meende, dat hij de gehele afspraak had vergeten en begon een nieuwe brief te schrijven, maar vernietigde hem.

Zondags, toen ik me op de zolder op uitkijk had opgesteld, zag ik Werther tegen half drie aankomen. We gingen op weg. 'Je vindt het vast leuk,' zei ik: 'daarom heb
ik je meegenomen.' De waarheid was, dat ik niet alleen
naar mijn oom en tante wilde. Ze hadden mijn moeder
gevraagd me deze Zondag maar eens te sturen. Ze woonden op een bovenetage in de Tweede Oosterparkstraat.

Mijn oom verkocht op de markt goudvissen. Zijn
voorraad stond in grote teilen op de veranda aan de ach-

terzijde. Als ik, op mijn hurken gezeten, naar de vissen keek die tussen de losse waterplanten doorzwommen, werd ik altijd somber gestemd en voelde ik de verlatenheid naderen. Het huis lag dicht bij een hoek en de veranda bood uitsluitend uitzicht op een blinde, wit gekalkte muur. (Vaak sloeg er dunne, blauwe rook neer in de tuinen.)

Onderweg spraken we weinig. Het was donker, maar droog en windstil weer. Ik voorzag dat de middag een slecht verloop zou hebben.

Mijn tante begroette ons hartelijk en gaf ons elk een stuk kerstgebak. Mijn oom was niet thuis. Ze ging voor het raam zitten en haalde haar citer te voorschijn. Onder de snaren legde ze een trapezevormig blad muziek, dat geen noten bevatte, maar balletjes, die door een grillige lijn verbonden waren. Als het blad nauwkeurig was neergelegd wezen de balletjes, elk onder hun snaar liggend, de aanslag voor de melodie.

Ze begon, als steeds, met het lied van een kikker, die opgegeten werd door een ooievaar: ze zong langzaam en luid.

Werther grinnikte even en stond met een domme uitdrukking te luisteren. Ik leunde tegen de alkoofdeur.

Bij het einde van zekere strofe, waarvan de laatste twee woorden: 'Heer Ooievaar' luidden, kon ik me niet meer bedwingen en moest ik naar de koperen vaas met pauweveren kijken op een klein, driepotig tafeltje aan de ingang van het alkoof. Ik wist dat de grote treurigheid verschenen was en begaf me op de veranda. Alles was er zoals ik voorzien had. Ook ditmaal hing er een wazige sluier van rook tussen de huizenrijen. Ik keek in de teilen, doopte er mijn vinger in en betuurde de muur. Ik wist dat ik weer naar binnen moest gaan, maar dat ook dit geen uitkomst zou brengen.

'Dat is de muur,' zei ik hardop, 'en dit zijn de teilen. De citer is binnen, met het lied erop. En in de vaas zijn de pauweveren.' Ik wilde het zacht gaan zingen, maar het lukte niet. Door de keuken ging ik weer naar binnen; mijn tante zong nog verder aan het lied. Zonder er licht aan te steken ging ik op de WC zitten en wachtte. Eindelijk kwam ik eraf en bleef in de gang staan luisteren. Het lied was afgelopen, maar de citer speelde nu, zonder zang erbij, iets anders. Ik daalde geruisloos de trap af en begaf me op de nabije voetgangersbrug boven de spoorbaan. Hier bleef ik een uur staan uitkijken, hoe de rook van de locomotieven zich met de nevels vermengde. Tenslotte klom ik de brug weer af en posteerde me op de hoek, vanwaar ik het huis in het oog kon houden. Hier bleef ik wachten, want ik wilde niet meer naar boven gaan. Na zeer lange tijd kwam Werther naar buiten.

Ik volgde hem verscheidene straten ongezien. Daarna maakte ik hem, van achteren op hem toespringend, aan het schrikken. Hij was even boos, maar bleef dit niet. 'Ik dacht dat je weg was om ergens iets te halen,' zei hij. 'Waar was je?' 'Dat kan ik op het ogenblik nog niet vertellen,' zei ik, 'al zou ik het willen: het moet nu eenmaal geheim blijven.' Toen Werther niets antwoordde zei ik, om het zwijgen te vullen: 'Ze wonen naar, vind ik. Vond jij het leuk boven?' Hij antwoordde flauw van niet. We liepen voort. 'We gaan verhuizen,' zei hij opeens. 'Naar de Slingerbeekstraat. Dat is in Plan Zuid.' Ik antwoordde niet. Hij vertelde, zonder dat ik iets vroeg, dat de verhuizing binnen een week zou plaatsvinden. Ook noemde hij het huisnummer.

Ik zweeg lange tijd. Daarna zei ik: 'Je moet met verhuizen erg oppassen, want er zijn mensen die verhuizen en dan komen ze in een huis dat veel minder goed is dan waar ze eerst in woonden.' Hierna zeiden we geen van beiden iets.

'Weet je waarom ik buiten gebleven ben?' vroeg ik na een poosje. 'Omdat ik jou vanmiddag saai vind. Dat ben je eigenlijk altijd.' Voordat hij kon antwoorden, rende ik vooruit en verstopte me op een hoek. Opnieuw maakte ik hem aan het schrikken, maar hierbij botste ik tegen hem op, waardoor hij kwam te vallen. Hij bleek zijn beide handpalmen een beetje geschaafd te hebben. Ik verontschuldigde me en verklaarde, dat het per ongeluk was gebeurd, maar in werkelijkheid was ik over zijn verwonding voldaan.

Van nu af zwegen we onder het voortlopen. Hij keek met een stuurse blik naar de grond. Ik probeerde verscheidene malen hem aan het lachen te maken, maar het lukte niet.

We namen, toen we mijn huis genaderd waren, met een gemurmel afscheid.

Daarna sprak ik hem niet meer. Wel liep ik dagelijks na schooltijd, zonder aan te bellen langs zijn huis.

De zesde dag waren er geen gordijnen meer te zien. Ik begaf me naar huis en nam een stuk papier, maar gaf er slechts krassen op. Daarna nam ik mijn broers fiets en reeds naar de Slingerbeekstraat.

Het mistte een weinig en de straatlantarens waren vroeg aangestoken. Ik had het nummer onthouden.

Het was een benedenwoning dicht bij de hoek. Het bordje met de groene ster was reeds op de deur aangebracht.

Ik reed zonder af te stappen, langzaam langs de ramen en keerde toen weer terug. 'Ze wonen donker,' zei ik zacht.

Thuis dwaalde ik door de achtertuin en trok de toppen

van de verdorde resten van herfstasters. Daarna haalde ik nog de bijl van de zolder om dunne takjes in stukken te hakken op de omheining.

Amsterdam, Jan./Apr. 1949

DE ONDERGANG VAN DE
FAMILIE BOSLOWITS

MET DE FAMILIE BOSLOWITS kwam ik voor het eerst in aanraking op een kinderpartijtje, een kerstfeest bij kennissen. Op de tafel lagen papieren servetten, bedrukt met groene en rode, feestelijke figuurtjes. Voor ieder bord stond een brandende kaars in de uitgepitte holte van een halve aardappel, die, op het snijvlak neergezet, kunstig was overtrokken met mat, groen papier. Dit laatste gold ook voor de bloempot, waarin de kerstboom stond.

Hans Boslowits zat dicht bij mij en hield een boterham boven de vlam. 'Ik rooster brood,' zei hij. Er speelde ook een jongen viool, waarbij ik bijna huilen moest en een ogenblik overwoog hem een zoen te geven. Ik was toen zeven jaar oud.

Hans, die twee jaar ouder was, bewoog schijnbaar achteloos de takken van de kerstboom, totdat een kaarsvlam de tak boven zich deed knetteren en in felle schroeiing zette. Er werd luid geroepen, moeders schoten toe en allen die in de nabijheid van de boom vertoefden, werden gedwongen aan tafel te gaan zitten of naar de andere suitekamer te gaan, waar enkelen op de grond domino speelden.

Ook de beide broers Willink waren aanwezig, kinderen van een geleerd echtpaar, dat hen met kaalgeknipte hoofden liet lopen omdat ze van mening waren dat het uiterlijk van de mensen niet wezenlijk is, de reinheid op deze wijze gemakkelijk te handhaven bleef en geen bruikbare tijd aan kammen behoefde te worden besteed. Het knippen verrichtte hun moeder maandelijks met een eigen tondeuse, een belangrijke, geldelijke besparing.

Hun nabijheid was heerlijk, omdat ze alles durfden. Op sommige Zondagen kwamen ze met hun ouders bij ons thuis op bezoek. Ik trok dan met hen de buurt in en wierp, evenals zij, in ieder open raam een steen, rotte aardappel of paardevijg naar binnen. Een verrukkelijke koorts van vriendschap bevrijdde me van elke vrees.

Op dit kerstfeest vermaakten ze zich door een brandende kaars scheef te houden boven iemands hand of arm, tot het hete vet op diens vel drupte en het slachtoffer met een schreeuw opsprong.

De moeder van Hans Boslowits zag het en zei: 'Ik vind het beslist niet aardig.' Zijn vader echter glimlachte, omdat hij de vindingrijkheid op prijs stelde en niet bevreesd hoefde te zijn dat men de grap met hem zou uithalen, want hij was gebrekkig en had een door ziekte geheel verlamd onderlichaam. Beiden heetten na deze avond tante Jaanne en oom Hans.

Ik verlangde zeer het vertrek van de zieke man gade te slaan, want ik had hem door twee gasten zien binnendragen en dat schouwspel had mij geboeid. Reeds om half negen echter moest ik met mijn ouders naar huis vertrekken.

Vier dagen nadien, nog in de kerstvakantie, ging ik met mijn moeder bij de familie Boslowits op bezoek. In de straat lag een smal plantsoen, waar we omheen moesten lopen. 'Zo, grote Simon,' zei oom Hans, 'Hans is in zijn kamertje, ga maar met hem spelen.' 'Wat kom je doen?' vroeg deze, toen ik binnenkwam. 'Met je spelen, dat zei je vader,' antwoordde ik verbijsterd.

Hij had een plusfours en een groene trui aan, droeg een bril en had zijn zwarte haren in een strenge scheiding geplakt. Ik keek zijn kamertje rond en zag op de ombouw van het opklapbed een klein beeldje staan, dat, toen ik het betastte en berook, een hondje van zeep bleek te zijn.

'Dat heb ik gemaakt,' zei hij. 'Ja?' vroeg ik, 'op school?' 'Zelf, thuis, van zeep uit de winkel,' beweerde hij, maar ik geloofde hem al niet meer, want hij had bij mijn vraag even in verwarring verkeerd.

Hij had een voorwerp op zijn tafel, dat hij bekeek en in de handen nam op een wijze, die ten doel had mijn uiterste nieuwsgierigheid te wekken. Het was een metalen, twee vingerdikten hoge doos in de vorm van een bloknoot, iets hellend en met een drukknop bovenaan. Het deksel was omgeven door een lijst, waarin een doorzichtig celluloid raam zat. Niet alleen met een potlood, maar ook met een stift zonder enig schrijfvermogen of met een stokje kon men woorden op deze plaat schrijven: ze kwamen in een paarse kleur onder het raampje te staan. Drukte men op de knop, dan was al het geschrevene weer verdwenen.

Ik had nooit met de mogelijkheid rekening gehouden, dat zoiets kon bestaan.

Zelf kreeg ik gelegenheid erop te schrijven en het opgetekende door een druk op de knop te doen verdwijnen. Soms echter weigerde het toestel en bleef de tekst geheel of gedeeltelijk staan.

'Ik gooi het weg,' zei Hans, 'het is stuk.' 'Een leuk ding,' zei ik tegen tante Jaanne, die juist binnenkwam, 'waar je op schrijven kunt en het verdwijnt als je erop drukt. Hans zegt dat hij het weggooit.'

'Dat is nu weer echt onaardig,' zei tante Jaanne, 'hij gooit het weg omdat hij het niet wil weggeven.' De hele middag bleef ik hopen op bezit van het toestel, maar enige toespeling dorst ik niet te maken.

Ook in de huiskamer stonden belangwekkende voorwerpen, bijvoorbeeld een armstoel, twee meter lang, bekleed met leer en rustend op een ronde, metalen voet. Ik mocht wegens de gemakkelijk te beschadigen bouw, slechts me van opzij erin laten zakken, waarna ik met de rechterarm beneden aan een rad kon draaien, welke stand de helling van de zetel bepaalde.

Op de schoorsteenmantel stonden twee oude tegels met voorstellingen onderscheidenlijk van een hengelaar en een schaatsenrijder. In antieke, koperen emmertjes stonden voor het raam bloempotten met planten: een kleine kamerpalm en tal van cactusplanten, waaronder één bolvormige, bedekt met touwachtig groeisel, die tante Jaanne 'plantje met grijs haar' noemde.

We gingen aan tafel om brood te eten en kregen messen met geel ivoren heft. Het lemmet vertoonde een sierlijk gegraveerd fabrieksmerk met de letters H.B.L. 'Wat betekenen die letters?' vroeg ik, maar mijn moeder, tante Jaanne en oom Hans waren zo druk in gesprek, dat de vraag slechts door Hans werd gehoord.

'Hans is de eerste,' zei hij luid, 'en Boslowits de tweede.' 'En de derde?' vroeg ik wachtend. 'Maar de L,' ging hij voort, 'ja, die L!' Hij tikte met de vork op het lemmet. 'Dat weten alleen mijn vader, ik en nog een paar mensen.' Ik wilde niet de verantwoording nemen iets te vragen dat om gewichtige redenen geheim moest blijven, en zweeg dus.

Na de maaltijd kwam er verandering. Een dame

bracht Hans' broer Otto, over wie ik van mijn moeder al aanwijzingen had ontvangen. 'Dat jongetje is een beetje achterlijk, denk erom als je hem plaagt,' had ze gezegd.

'Daar zijn we weer!' riep de dame en liet de jongen los als een hond, die even de vrijheid krijgt om tegen zijn meester op te springen. Hij liep voorovergebogen, had uitzonderlijk hoge schoenen aan, die met de punten naar elkaar toe wezen, droeg een plusfours als zijn broer en het gezicht, vreemd geplooid, met verschillende ogen, zweette zo, dat er haren van zijn kleurloze pruik op zijn voorhoofd plakten.

'Zo ben je daar weer, mannetje,' zei zijn vader. 'Ja,' riep hij, 'ja, ja vader moeder!' Hij kuste hen beiden, evenals Hans en maakte toen op de plaats zelve een sprong van zo'n kracht, dat alles dreunde.

Ik schrok van het geweld, maar hij bleek een goedaardig wezen, zoals mijn moeder me al had verteld.

'Geef tante Jet eens een hand,' werd hem bevolen en op het steeds herhaalde wist hij uit te brengen 'tante Jet' en 'dag tante' tot men erin slaagde hem de samenvoeging 'dag tante Jet' te doen zeggen. 'En dit is Simontje,' zei tante Jaanne. 'Dag Otto,' zei ik en schudde de drijfnatte hand.

Hij maakte opnieuw een sprong en kreeg iets lekkers, een bonbon, die tante Jaanne hem in de mond stopte. Steeds wanneer men hem iets vroeg – op de bekende manier, waarbij geen antwoord wordt verwacht – riep hij: 'Jaja,' 'ja moeder', de woorden met kracht uitstotend.

Er werd een koffergrammofoon op tafel gezet, die de dame die meegekomen was, opwond.

'Hij is droog geweest vannacht,' zei ze. 'O, dat is flink, dat is flink van Otto, je bent helemaal droog gebleven, niet?' vroeg zijn moeder. 'Een flinke jongen niet, zuster Annie?'

'Ja, hij is een flinke jongen geweest, niet Otto?' antwoordde deze. 'Wat zeg je nu?' vroeg zijn moeder. 'Ja zuster Annie.' 'Ja zuster Annie,' bracht hij er na eindeloos aanhouden als één aaneengesloten woord uit.

Hij was druk bezig met in een doos grammofoonplaten uit te zoeken. Elke hield hij in beide handen vlak voor het gezicht, als om eraan te ruiken. Zijn neus was rood en vochtig en de punt droeg een klein, geel puistje.

'Hij ruikt, welke het zijn,' verklaarde oom Hans, die zittend in zijn stoel meezocht. 'Deze,' zei hij en reikte Otto er een aan. Het kind nam de plaat in ontvangst, bekeek hem, zuchtte en leunde even met de elleboog op tafel, maar ongelukkigerwijs juist op een plaat, die met een kort geluidje in drieën knapte. Ik uitte een kreet, maar Hans pakte de scherven, bekeek het etiket en zei: 'Een heel oude, met een barst trouwens. Het is niet erg, hè Otto, kerel, een oude is het maar. Een oude, Otto.' 'Oude!' stiet Otto uit en legde de door zijn vader aangewezen plaat op de schijf.

Deze plaat leek niet op de ander, maar was bruin, dun en naar het scheen, van karton of papier vervaardigd. Eén zijde slechts was bespeelbaar. Hans zette op de spil van de schijf een rubber dopje, omdat de plaat enigszins bol stond. Toen deze begon te draaien, zei een vlakke stem: 'De Loriton-plaat, die U nu hoort, is geschikt voor opnamen van iedere soort. Hij is licht in gewicht, buigzaam en kan driemaal zo vaak worden afgespeeld als de gewone.' Daarna kondigde de spreker een dansorkest aan. Toen dit was uitgespeeld, zei de stem: 'De Loriton-plaat is slechts aan één zijde bespeelbaar, maar als U het horloge in de hand neemt, zult U zien, dat de tijdsduur tweemaal die is van de zijde van een gewone plaat. En de prijs, dames en heren, is niet hoger dan de helft.'

Otto stond te springen van ongeduld. Zijn moeder zocht onmiddellijk een andere plaat uit van kleine omvang en met roze etiket. Tweestemmig zong deze het lied van de drie kleine kleutertjes.

Buiten de ramen daalde een fijne motregen neer. Ik sloop naar het kamertje van Hans, bekeek het hondje en beschreef en betastte het schrijftoestel, tot ik werd geroepen om naar huis te gaan.

Onderweg vroeg ik mijn moeder: 'Hoe oud is Otto?' 'Iets ouder dan jij, muis,' antwoordde ze. 'Denk eraan, dat je nooit bij oom Hans vraagt, hoe oud Otto is.' Ik meende dat de regen ons opeens iets harder tegemoetwaaide. Zelf in gedachten, hoorde ik nog mijn moeder zeggen: 'Ze zijn bang, dat als ze er zelf niet meer zijn, dat er dan niet goed voor Otto gezorgd wordt.' Beide mededelingen gaven mij stof tot dagenlange overdenking.

Bij het tweede bezoek begreep ik uit de gesprekken pas, dat Otto niet thuis, maar in een kindertehuis woonde en dat de dame die hem bracht, een met tante Jaanne bevriende verpleegster uit die inrichting was.

Het was een Zondag en ook mijn vader ging mee. Er werd, toen wij binnenkwamen, juist op berispende toon over Otto gesproken. Hans stond voor het raam, Otto bij de antieke glazenkast en oom Hans zat in een stoel bij tafel.

'Ja,' zei tante Jaanne, die ons voorging naar binnen, 'we hebben het net over Otto.' 'Ja,' riep Otto, 'ja moeder!' 'Er stond,' zei oom Hans, 'hiernaast in het kantoor' – hij bedoelde zijn kleine werkkamer aan de straat – 'een schaal met druiven. Ik dacht al: wat komt hij aldoor binnen. En elke keer heeft hij een druif eraf geplukt en nu is alles op.'

Otto lachte en sprong een eind op van de grond. Zijn

gezicht glom van het zweet. 'Moeder vindt het helemaal niet leuk,' zei tante Jaanne, 'je bent erg stout geweest, Otto.' 'Otto stout!' riep deze met angstig vertrokken gezicht.

De grammofoon speelde druk en het praten werd nog rumoeriger, toen het echtpaar Fontein verscheen. De vrouw had ik nog niet eerder gezien, maar ik had thuis van haar horen vertellen, dat ze, wanneer ze kennissen tegenkwam, die een boodschappentas droegen, zich in een portiek of achter een heg verschool, om niet iemand te hoeven groeten, die zelf de winkels afliep om zijn eten te kopen. Ook werd van haar gezegd, dat ze, wanneer ze 's avonds ergens op bezoek was, even een uur wegging om te zien of haar zoon die al negentien was, wel sliep.

Ze werd tante Ellie genoemd, maar spottend door de volwassenen 'gekke Ellie'.

Eens was mijn moeder bij haar huis geweest en bij die gelegenheid had ze haar in de gang te woord gestaan, zeggend dat de pedicure er was, maar wel had ze mijn moeder een reusachtige bonbon in de mond gestopt met de woorden: 'Het is eigenlijk één voor de hoge kringen, maar ik gun het je.'

Thuis had mijn moeder slechts gebrekkig de neusstem van een polieplijder nagedaan, maar nu hoorde ik de klank onvervalst.

De man van tante Ellie, mijn vader en oom Hans gingen naar de werkkamer, de laatste op een bijzondere wijze zich voortbewegend, waarbij hij met de handen steun zocht en, voorovergebogen, de dunne benen één voor één met een schok naar voren liet vallen.

Ik volgde hen door de gang en ging achter oom Hans de kamer binnen. 'Was dat nu gekke Ellie?' vroeg ik oom Hans, achteromwijzend in de richting van de huiskamer. Deze vraag, in tegenwoordigheid van de echtgenoot gesteld, moet hem, heb ik later begrepen, bijzonder in verlegenheid hebben gebracht. Hij zocht in zijn vestzak, vond een kwartje, gaf het me en zei: 'Je kunt een ijsco gaan kopen.'

Ik ging naar buiten, waar juist een venter passeerde, legde het kwartje op de kar en zei: 'Een ijsco.' 'Van vijf?' vroeg hij. 'Dat is goed,' zei ik. 'Of van tien?' 'Dat is goed, een ijsco,' zei ik. 'Van vijf of van tien?' vroeg hij toen. Er werd geen bepaalde beslissing genomen, maar hij maakte een zeer dikke gereed en juist nam ik die in ontvangst, toen mijn moeder naar buiten kwam.

'Hij is stout geweest,' zei ze tegen de man, 'hij heeft erom gezeurd.' Ik hield de ijswafel vast. Mijn moeder trok me mee. 'Hij krijgt nog geld terug!' riep de venter, maar we waren al binnen en de deur sloeg dicht. De ijswafel beviel me niet en ik mocht hem op een schotel in de keuken leggen.

Sedertdien werden er wederzijds geregeld bezoeken afgelegd. Op mijn verjaardag kreeg ik van mijn nieuwe tante en oom een metalen, opwindbare speelgoedauto en ik wilde niet laten merken, dat ik hiervoor eigenlijk al te oud was.

Gewoonlijk kwamen zij elke oudejaarsavond bij ons doorbrengen, waarbij mijn vader oom Hans met de hulp van de taxichauffeur naar boven droeg.

De verlamming bleef al die jaren ongewijzigd, maar ik herinner mij, dat op een middag tante Jaanne bij ons vertelde, dat een geregeld terugkerende verlamming in de rechterarm was opgetreden. Het was hetzelfde jaar dat ik een school ging bezoeken, die voorbereidde voor middelbaar onderwijs en vlak bij de woning van de familie Boslowits gelegen was. De Zondag voor het begin van de nieuwe cursus bracht ik hun een bezoek. Ik werd verzocht te blijven brood eten.

Tante Jaanne vertelde aan haar zuster, dat ze Hansje op de kostschool in Laren had geplaatst, omdat het niet uit te houden was. 'Als hij ruzie met zijn vader heeft,' zei ze na het eten, toen oom Hans in zijn werkkamer zat, 'dan legt hij zijn hand op die man zijn hoofd en die wordt dan zo kwaad, dat is verschrikkelijk.'

Ze vertelde verder, dat een buurvrouw, met wie zij over de schutting die morgen in de tuin een gesprek had gevoerd, haar dit besluit min of meer had verweten en had gezegd: u hebt al een kind het huis uit, dat u die andere jongen nu ook wegstuurt. 'Ik heb de hele morgen op de divan liggen huilen,' zei tante Jaanne.

'Het is ook brutaal dat te zeggen,' zei haar zuster, 'waar bemoeit ze zich mee.' 'Morgen,' zei ik, 'begint de school hier' – ik wees in de richting van het gebouw om de hoek – 'denk je dat ik de eerste dag al huiswerk krijg?' 'Welnee, dat denk ik niet,' zei tante Jaanne.

Nieuwsgierig doorzocht ik, nu Hans er niet was, zijn kamertje, maar vond niets belangwekkends. Het hondje stond er nog steeds, maar het schrijftoestel was er toen al lang niet meer.

'Ik wou wel een paar boeken lenen,' zei ik, toen tante Jaanne binnenkwam en stelde me, als in diepe aandacht, voor het boekenkastje op. 'Deze.' Ik pakte voor de vuist weg twee delen van *Bulletje en Bonestaak*, een kinderverhaal over een dikke en een dunne jongen en *Het boek van Jeremias, die Michiel heette*. 'Als Hansje het goed vindt,' zei ik. 'Als wij het maar goed vinden,' zei tante Jaanne, 'jij hebt een streepje voor.' 'Ik breng ze weer op tijd terug,' zei ik.

Drie jaar voor de oorlog verhuisden ze naar een woning die uitzag op de rivier, een zijkanaal daarvan en kaal, opgespoten land. Men moest een twintig treden hoge, granieten stoep bestijgen. Hier sloeg ik de grote luchtbeschermingsoefeningen gade, die op een dag, naar ik meen in de herfst, werden gehouden.

Velen waren door de familie Boslowits uitgenodigd om te komen kijken en de jeugdigen bestegen door een raam boven aan de trap, boven de woning van de buren, het dak. Schrijlings naast de schoorsteen op de nok gezeten, zagen wij bij het voorbijtrekken van kleine formaties vliegtuigen de lopen van het afweergeschut op de zandvlakte bij elk schot neerveren, even voordat we het geluid hoorden. Op het dak van een groot, alleenstaand herenhuis, vijftig meter voor ons, zaten machinegeweerschutters te vuren.

De broers Willink waren er ook en wierpen kiezelstenen, die ze voor dit bijzonder doel hadden meegenomen, naar beneden op straat. Sirenes maakten luchtalarm en de hemel betrok. Daarna kwamen nieuwe eskaders vliegtuigen, die door de wolkjes van de ontploffingen vlogen en groene, gloeiende ballen uitwierpen, die uitgedoofd waren voor ze de grond bereikten. De brandweer van de luchtbescherming spoot in het kanaal en in de rivier om de gereedschappen te testen. Aan het eind van al het geraas daalde een watervliegtuig in de rivier en steeg rakelings weer op over de grote brug, die het zuiden van de stad met het oosten verbindt. Ik was zeer voldaan over het schouwspel. Allen kregen thee met zoute, brosse koekjes.

Een half jaar nadien verhuisden wij naar het midden van de stad en kwamen op niet verder dan een kleine tien minuten lopen van de familie Boslowits, aan de overkant van de rivier te wonen. Er konden nu vaker bezoeken worden afgelegd. Tante Jaanne kwam geregeld en op middagen, dat Otto geen school had – hij leerde ergens matten vlechten en kralen rijgen –, haalde ze hem uit het kindertehuis en nam hem voor wat afleiding mee naar ons.

Zo zag ik op een Vrijdag, te voet thuiskomend van het gymnasium, hoe ze uit de andere richting naderden en hoe de jongen, krommer dan ooit, sprong als een dansende beer aan de ketting, zodat zijn moeder zijn hand haast niet kon vasthouden. Een achtjarig buurmeisje van de tweede verdieping, dat aan het touwspringen was en daartoe één eind van het koord aan het metalen hek van een der smalle voortuinen had vastgemaakt, waardoor ze slechts met één hand hoefde te zwaaien, spande het opzettelijk voor de voeten van Otto, toen deze, losgelaten, vooruit naar ons huis mocht draven. De jongen struikelde, maar viel niet. Het meisje liet het touw los en vluchtte voor tante Jaanne, die door woede bijna geen geluid kon uitbrengen.

Onmiddellijk na Otto kwam ze opgewonden boven en ik volgde hen. Otto sprong dreunend de gang in, vol afwachting van enkele oude prentbriefkaarten, die mijn moeder hem bij elk bezoek gaf. 'Zo iets,' zei tante Jaanne, 'dat iemand zo iets kan doen, begrijp je dat? Als ik bij haar had kunnen komen, ik weet niet wat ik haar had gedaan, nee.' Ze bedaarde iets, maar niettemin knipperde ze voortdurend met de ogen, een aandoening, die ik toen voor het eerst vaststelde.

'We zullen zien of we een kaart voor je hebben,' zei mijn moeder. 'Ja tante Jet!' stiet Otto uit en danste met haar mee naar de kast. Hier, uit een sigarenkistje, diepte ze er drie op. Hij berook ze en maakte een sprong. 'Pas op jongetje, voor de buren,' zei mijn moeder.

'Waar gaat Otto heen?' vroeg tante Jaanne. 'Jaja moeder!' 'Waar ga jij heen?' 'Ja moeder!' 'Nee, je weet het wel Otto, waar ga je heen?' Toen Otto nog geen bevredigend antwoord had gegeven, zei ze: 'Naar Rusland.' 'Naar Rusland, ja moeder!' riep Otto.

'Je moet weten, Jet,' zei tante Jaanne, 'dat in Rusland een professor een aantal kinderen door een operatie volkomen heeft genezen. En sindsdien gaat hij naar Rusland.'

Een andere mededeling was die betreffende de toestand van oom Hans. Hij was ingestort, lag te bed en de rechterarm was bijna steeds verlamd. 'Daar krijg je nog zijn humeur bij,' zei ze, 'dat is iets verschrikkelijks.'

Als bemoedigend bericht vertelde ze, dat een arts, die oom Hans tien jaar tevoren had behandeld, op bezoek was geweest en had gezegd: man, ik had gedacht, dat je allang dood was.

Dit was niet het enige nieuws. Voor oom Hans werd de aankoop van een invalidenwagen overwogen, opdat hij, wanneer hij wat was opgeknapt, meer in de buitenlucht zou kunnen komen en met minder kosten ergens op bezoek zou kunnen gaan.

'Maar hij wil niet,' zei tante Jaanne, 'omdat hij vindt, dat hij dan hulpbehoevend lijkt.' 'Dat is hij toch ook?' zei mijn moeder.

Inderdaad kreeg oom Hans, ondanks zijn verzet, een wagentje, maar pas geruime tijd daarna. Het was een driewielig, met voortbeweging door liefbomen die het enige voorwiel aandreven en waarmee tevens gestuurd moest worden. Het moest telkens uit een stalling worden gehaald en dan moest oom Hans de hoge stoepen worden afgedragen. Hij had het wagentje niet lang, toen hij een benedenhuis huurde. Het was in de straat achter de onze, een donkere vochtige woning. Voordelen waren er echter ook aan verbonden, want de wagen mocht door de toestemming van de bewonerscommissie in het portaal staan en in een ruitje van zijn kleine werkkamer maakte een bevriend timmerman een brievenbus, waarin de postbode zijn brieven bijna op zijn tafel wierp.

Slechts in schijn was het uitrijden een eigen handeling, want iemand moest hem voortduwen: de magere handen misten, vooral de rechter, enige kracht.

Samen met Otto, tante Jaanne en oom Hans keerden wij eens, mijn ouders en ik, op een Zondagmiddag terug van een verjaarspartijtje en ik duwde geduldig de wagen voort. We gingen een brug over, welks opritten vrij sterk helden.

Aan de overkant van het water moesten we linksaf slaan. De wagen begon bij het afdalen steeds sneller te rijden en ik hield hem in, maar oom Hans beval mij los te laten. Ik gehoorzaamde. Onder aan de brug was een kruispunt en de aanwezigheid van een verkeersagent maakte het terstond linksaf zwenken onmogelijk. Men moest, als het bord op veilig stond, eerst met het voertuig oversteken en zich dan aan de rechterzijde van de straat opstellen.

Oom Hans echter suisde naar beneden, het kruispunt diagonaal overstekend, zonder te wachten. 'Dat mag niet!' riep ik nog. Hij zwenkte vlak achter het verkeersbord linksaf; de grote vaart en de helling deden het wagentje kantelen en met een klap op de straat neerslaan. De agent en voetgangers snelden toe en zetten het, met oom Hans er nog in overeind. Hij had geen letsel opgelopen, maar zweeg en zat, toen we bij hem thuis waren, aan tafel stil voor zich uit te kijken.

Tante Jaanne stelde Otto gerust, van wie ze meende

dat hij de val gezien had en er van geschrokken was. 'Het was niet vader, die omviel, maar een andere man, hè Otto, het was iemand anders, niet vader,' zei ze. 'Niet vader!' riep Otto en leunde met zijn elleboog op een theekopje, dat brak. Het was een donkere dag, waarop geen regen viel, hoewel men die voortdurend uit de roerloze hemel verwachtte.

Op mijn zestiende verjaardag, datzelfde voorjaar, kwam behalve tante Jaanne en oom Hans, ook Hansje op bezoek. Zijn moeder had besloten hem in huis terug te laten komen.

'Als er oorlog komt, heb ik hem liever thuis,' zei ze. Hij zou verkoper worden in de zaak van een oom.

'Je zegt: als er oorlog komt, alsof er nog niets aan de gang is,' zei mijn vader. Op dat ogenblik werd mijn aandacht door het gesprek gespannen. Wel waren Engeland en Frankrijk met Duitsland in oorlog, maar tot mijn ontevredenheid vielen geen gevechtshandelingen van betekenis waar te nemen.

Met de jongste van de broers Willink, Joost, bezocht ik van tijd tot tijd de bioscoop, waar vóór de hoofdfilm schrale frontjournaals gedraaid werden, waarin gecamoufleerde kanonnen stonden te wachten of elk kwartier een schot afvuurden. Een gunstige uitzondering op deze eentonigheid was zekere keer een opname van het aan de grond gezette, kleine, Duitse slagschip *Graf von Spee*, prachtig uit elkaar gerafeld en gebroken. 'Gruwelen van de oorlog, lekker,' zei Joost op een komieke toon, toen een opname uit de lucht nog een algemeen overzicht van het wrak bood.

'Het mooiste zou ik korte, maar hevige straatgevechten hier in de stad vinden,' zei ik. 'Zo van raam tegenover raam, met handgranaten en witte vlaggen, maar niet langer dan twee dagen, want dan verveelt het weer.'

Toen ik op een avond in Mei bij de familie Boslowits een elektrische broodrooster ter leen kwam vragen, vond ik oom Hans, tante Jaanne en Hansje in de schemer bijeen. Er was een buurman op bezoek. Ze waren zo druk in gesprek, dat ze mijn binnenkomst niet dadelijk merkten.

'Dat wil wat zeggen,' zei de buurman, 'ik zeg dat betekent wat. Dat betekent heel wat meer dan wij weten.'

Toen ik wat bedremmeld had staan wachten in de deuropening van de huiskamer, merkte tante Jaanne me op. 'Ach, ben jij het,' zei ze. 'Heb jij ook gehoord, dat de verloven zijn ingetrokken? De zoon van meneer hier moet vanavond al terug, vannacht nog in de kazerne.'

'Nee,' zei ik, 'is dat waar?' 'Het is op de radio gezegd geworden,' zei de buurman.

'Dan is er in ieder geval wat op til,' zei ik en voelde een diepe sensatie in mij opstijgen.

In diezelfde week, in de nacht van Donderdag op Vrijdag, begaf bijna ieder in onze buurt zich enkele uren na middernacht op straat. Vliegtuigen trokken brommend over, afweergeschut daverde en zoeklichten schoven hun bundels tussen de dunne plukjes wolken door.

'Ze krijgen daar in Engeland weer wat te verduren,' zei een melkboer, want hij stelde vast, dat het Duitse vliegtuigen op weg naar Engelse steden waren, die boven Nederlands grondgebied door onze onpartijdige strijdmacht werden beschoten.

Wat de nationaliteit van de toestellen betrof, werd hij in het gelijk gesteld; de rest van zijn veronderstelling werd weerlegd, toen men begreep, wat de diepe slagen met lichtverschijnselen aan de zuidwestelijke horizon betekenden.

Even na zeven uur kwam tante Jaanne boven. Ik was er toen niet, want de beide broers Willink met hun zuster waren mij komen halen. Van het balkon van hun woning kon ik, toen ik was meegegaan, zwarte rookwolken zien hangen boven een plaats, waar niets anders dan het vliegveld Schiphol kon liggen.

'Het is oorlog,' zei hun zuster, die Lies heette. Opgetogen over zoveel boeiende gebeurtenissen tegelijkertijd, keerden we gezamenlijk weer terug naar ons huis. Het was kwart voor acht.

'Het is oorlog,' zei mijn moeder, 'het is al op de radio geweest.' 'Wat zeiden ze dan precies?' vroeg ik. 'Ja, dat kan ik allemaal niet navertellen, dan had je zelf maar moeten luisteren,' antwoordde ze.

Tante Jaanne zat, met een zwarte, fluwelen muts op, in de leunstoel te knipperen met de ogen. De radio zweeg op dat ogenblik en ongeduldig wachtten we op het begin van de uitzending, om acht uur. Gebruik was, dat deze aangekondigd werd door gekraai van een haan.

'Ik ben benieuwd, of ze vandaag gewoon kukeleku doen,' zei mijn vader, die uit de gang binnenkwam.

Ik hoopte vurig, dat de geruchten, die door de buurt vlogen, alle juist waren. 'Echt in de oorlog, prachtig,' zei ik zacht voor mezelf.

De klok van de omroep begon dat lichte geruis te maken, dat de slagen aankondigt. Ze vielen na de zestien tonen voorspel, langzaam en helder. Daarop kraaide de haan. 'Dat is een schandaal,' zei mijn vader.

Ik schrok, want alles kon nu nog bedorven worden. Wellicht was hier het bewijs, dat in het geheel geen oorlog was uitgebroken. Gerust voelde ik me pas, toen de omroeper de overschrijding van de grenzen van Nederland, België en Luxemburg, door Duitse troepen, bekendmaakte.

Tevreden ging ik die morgen naar het gymnasium, terwijl tante Jaanne nog steeds, zonder iets te zeggen, voor zich uit zat te kijken.

Op school heerste een plechtige stemming. Het gebouw zou als hospitaal gebruikt worden en de rector deed hiervan mededeling in de grote gehoorzaal. Hierna zongen allen het volkslied. Het feit, dat de school voorlopig gesloten werd, maakte de dag nog lichter, alsof alle dingen nieuw waren.

We zagen tante Jaanne niet voor Dinsdagmiddag terug. Ze kwam alleen op bezoek en zag er bleek uit. 'Wat doen jullie?' vroeg ze. 'Wat een lucht, brandt hier iets? Het staat er beroerd voor.'

'Beroerd voor,' zei mijn moeder, 'er is juist gecapituleerd.'

We waren begonnen boeken en brochures te verbranden in de kachel, die met de aangepropte lading slecht trok en rookte. Mijn broer en mijn vader waren inmiddels bezig twee juten zakken en een koffer te vullen met boeken. Toen het donker werd, wierp ik ze in de gracht.

Overal in de buurt gloeiden die avond vuren, waarop steeds nieuwe ladingen, soms bij kisten vol, werden aangedragen. Velen ook stortten alles in het water. In de haast bleef op de kant soms het een en ander liggen. Ik vond die avond, in de schemering langs de walkant slenterend, een boek in vuurrode band, waarvan ik de titel ben vergeten, maar dat mijn moeder wegnam uit mijn kamer en weigerde terug te geven.

Tante Jaanne was na de mededeling van de capitulatie, die ze zich nog een keer duidelijk had laten herhalen, plotseling vertrokken. De volgende dag bracht twee belangwekkende gebeurtenissen. Tegen de middag reden de eerste Duitsers de stad binnen. Het waren in groene, gevlekte jassen geklede motorrijders. Enkele burgers bleven langs de weg staan om ze over de brug te zien komen. Tante Jaanne had ze ook gezien en noemde ze, toen ze Woensdagavond bij ons kwam, kikkers.

Ik was niet thuis, want ik had het druk. Door, naar men zeide, het bij misverstand binnenlaten van zout water in de poldervaarten kwamen honderden vissen amechtig aan de oppervlakte zwemmen. Met een groot schepnet ving ik ze vóór ons huis, zonder dat ze enige poging tot ontsnappen deden en bracht er een emmer vol van thuis.

De school begon de volgende dag weer en ik zocht daarvoor de eerste avond al troost in een kleine bioscoop, waar die week nog voor het laatst een Franse film *Hotel van het noorden* draaide. Deze handelde over een gezamenlijke poging tot zelfmoord, waarbij de jongen wel het meisje doorschoot, maar toen de moed miste voor het schot op zichzelf. Het meisje echter genas en een verzoening en vrede met het leven waren het einde, toen ze hem na zijn straftijd afhaalde van de gevangenis. Ik voelde me over deze oplossing voldaan.

Thuis vond ik tante Jaanne op de divan zitten, terwijl mijn moeder koffie inschonk.

Het was schemerig in de kamer, want er was nog geen licht opgestoken. Het neerrollen en dan met punaises vastprikken van de papieren verduistering was een omslachtig werk. Zo vond ik ze, bij een peinzend theelicht.

'Je moet verduisteren,' zei ik, 'dat lichtje straalt uit naar buiten.'

'Doe jij het maar even,' zei mijn moeder.

Ik herinner me, dat een raam op een kier stond, toen ik de zwarte rollen neerliet. 'Hans heeft een brief gestuurd naar een tante in Berlijn,' zei tante Jaanne, 'al een tijd geleden. Hij is nu teruggekomen, onbestelbaar. Vertrokken met onbekende bestemming, stond erop.'

Op dat ogenblik viel een windstoot naar binnen, die het verduisteringspapier samen met een gordijntje enkele tellen oplichtte en een vel papier van de tafel joeg. Ik sloot snel het raam.

Op het eind van een vrije middag ging ik even bij de familie Boslowits langs. Het was volop zomer geworden en oom Hans zat in zijn kantoortje voor het raam in de zon.

Bijna onmiddellijk bracht hij het gesprek op zijn ziekte en op de arts, Witvis geheten, die enkele keren eerder al was geweest en iets te zijner genezing wilde ondernemen. 'Hij moet me laten lopen,' zei hij, ' als een haas. Je wilt zeker wel een sigaret?' vroeg hij en stond op om de doos te zoeken. 'Zeg maar waar ze staan, dan pak ik ze wel,' zei ik, maar hij schuifelde naar de hoek van de kamer, waar hij een koperen, lage, vierkante doos van een tafeltje nam. 'Lach je?' vroeg hij, de rug naar mij toe gewend. 'Waarachtig niet,' zei ik.

Hans kwam binnen en ging op de schrijftafel van zijn vader zitten. 'Hoe gaat het jou?' vroeg ik. 'Dat verkopen, bevalt dat wel?' 'Ik heb vandaag voor een kleine duizend gulden omgezet,' antwoordde hij.

'Is er nog nieuws?' vroeg tante Jaanne. 'Nieuws,' antwoordde ik, 'dat de Duitsers oprukken naar Brest, ze maken geweldig spektakel op de radio.' Daarop vertelde ik de bewering, die ik van een dikke jongen uit mijn klas had gehoord. Volgens een voorspelling, door een Franse pater veertig jaar tevoren gedaan, zouden de Duitsers bij Orléans verslagen worden. 'De stad aan de Maas zal verwoest worden, heeft hij ook geschreven,' zei ik. Tante Jaanne zei: 'Als je mij dat boek brengt, waar dat in staat, dan krijg je wat van me.'

Diezelfde middag, kort voor etenstijd, ging ik even naar de familie Willink om de laatste berichten te brengen. Het afweergeschut begon, toen ik maar net in de kamer van Eric zat, rusteloos te ploffen. Twee in het zonlicht blinkende machines vlogen zo hoog, dat men alleen de schittering kon waarnemen, maar de vorm niet kon onderscheiden.

Even later klonk het geratel van mitrailleurs en het schrikwekkend geraas van een op geringe hoogte over ons heen suizend gevechtstoestel. Wij snelden telkens als het geluid te sterk werd, van het balkon naar binnen; ook hoorden we het kloppen van de boordkanonnen.

Toen het een ogenblik stil werd, zagen we een zwarte veeg in de lucht en aan de punt daarvan een snel dalende, vurige ster. Het licht was wit als dat bij het elektrisch lassen van metaal. Toen zagen we bij dit vuur een tweede rookkolom: het toestel was in tweeën gebroken.

In een ogenblik verdween alles achter de huizen. Een valscherm was nergens in de lucht te zien. 'God behoede hen, die op zee of in de lucht varen,' zei ik plechtig. Er was geen luchtalarm gegeven.

Thuis kwam na het eten Hans Boslowits op bezoek. 'Weet jij wat dat voor een machine was, die naar beneden kwam?' vroeg hij. 'Nee, dat weet ik niet,' zei ik. 'Het was een Duitser,' verklaarde hij. 'Hoe weet je dat,' vroeg ik, 'heb je al gehoord waar hij is neergekomen?'

'Kijk,' zei Hans, terwijl hij zijn brilleglazen met zijn zakdoek oppoetste, 'wij hebben onze inlichtingen.'

'Ik hoop dat het zo is,' zei ik, 'maar ik geloof niet, dat iemand nu al iets met zekerheid kan weten.' 'Wij hebben onze inlichtingen,' zei hij en vertrok.

De volgende dag, naar ik overtuigd ben, een weekdag,

zag ik 's middags op de terugweg van de bioscoop, voor het kantoor van een krant het bericht van de Franse overgave als bulletin aanplakken. 'Ze vragen dus een wapenstilstand,' zei mijn moeder, toen ik de korte inhoud thuis had meegedeeld, 'dat is niet hetzelfde. Ga het maar precies bij tante Jaanne vertellen.'

'Het kan propaganda zijn,' zei deze, maar ik merkte, dat ze het bericht geen ogenblik in twijfel trok. Dezelfde avond kwam ze bij ons en vertelde bij die gelegenheid pas, wat haar al vier weken tevoren was overkomen.

Op een middag waren twee Duitsers in uniform met een auto gekomen. 'Handen omhoog,' had de ene gezegd bij het binnentreden van de kamer van oom Hans. 'Man, maak geen grappen,' had deze in het Duits geantwoord, 'ik kan niet eens op mijn benen staan.'

Ze hadden het huis doorzocht en verklaarden toen, dat hij mee moest. Oom Hans was zich gaan verkleden en de verlamming, die geheel duidelijk werd, toen ze hem zich door het huis zagen slepen, wees hen reeds op de onzinnigheid van gevangenneming.

Toen zagen ze, hoe tante Jaanne hem een fles om in te wateren, van rubber voorbond. 'Ze vroegen of alleen ik dat kon doen,' vertelde ze. 'Ik zei, dat ik dat alleen kon. Toen hebben ze nog wat opgeschreven en zijn weer weggegaan, maar leuk was het niet.' Ze knipperde met de ogen en er gingen enkele lichte spiertrekkingen over haar gezicht.

'Hoe is het verder met Hans?' vroeg mijn moeder. 'Het gaat niet achteruit,' zei tante Jaanne, 'hij kan op het ogenblik met die hand weer schrijven.' 'Kijk eens aan,' zei mijn moeder.

De zomer en de herfst verliepen kleurloos. Het was na Nieuwjaar flauw, vochtig lenteweer. De tweede Zondag in het nieuwe jaar was ik te eten gevraagd bij de ouders van mijn schoolvriend Jim, waar ik onverwachts ook Hansje aantrof. De vader van Jim was een groothandelaar in kalfsvlees en had een verrassend dikke buik, maar hij was vrolijk en nam de dingen licht. Hoewel hij al driemaal een operatie in de maag had ondergaan, ontzag hij zich op geen enkele wijze.

'Ik lust alles,' zei hij aan tafel, 'als er maar geen spelden in zitten.' Uit hartelijkheid hadden ze ook mijn ouders, ter kennismaking, uitgenodigd.

'Ik lees geen Duitse boeken meer,' zei een kleine, grijsharige man, toen men even over letterkunde sprak. Terstond kwam de oorlog ter sprake, waarvan de duur werd geschat. 'Nou, laat ik zeggen,' zei de vader van Jim, 'op zijn allerlangst, maar zo lang houdt hij het niet uit, een half jaar.'

'Zoals het nu loopt,' zei mijn vader glimlachend, 'kan het wel vijfentwintig jaar duren.'

Hansje, die een broer van Jim bleek te kennen, had zijn gitaar bij zich en speelde hierop met veel geweld. *Schaatsenrijdend op de Regenboog*, een vermaard nummer. Toen de oorlog ter sprake kwam, zei hij: 'Dit jaar nog is het afgelopen.' 'Waarom denk je dat, Hans?' vroeg mijn moeder. 'De kringen, die mij inlichten, tante Jet,' antwoordde hij, 'zijn zeer goed, ik herhaal, zeer goed op de hoogte.'

Een week of zes daarna kwam tante Jaanne opgewonden bij ons boven. 'De groenen vangen de jongens overal om het Waterlooplein,' zei ze. 'Wil Simontje niet gaan kijken voor me? Nee, hij kan beter naar Hansjes kantoor gaan, zeggen dat hij niet over straat mag. Of wacht, ik bel hem op, laat Simontje wachten.'

'Ga eerst eens zitten,' zei mijn moeder. Het was een

Woensdagmiddag. Het lukte, tante Jaanne tot kalmte te brengen. 'Bel Hansje op,' zei mijn moeder. 'Dat heb ik al gedaan,' zei ze. 'Kijk eens aan,' zei mijn moeder. 'Ik ga daarginds wel eens kijken,' verklaarde ik. 'Pas je wel op?' vroeg mijn moeder.

Ik fietste snel naar de buurt rondom het Waterlooplein en bracht van alles nauwkeurig verslag uit. Oom Hans rookte langzaam zijn korte, zwarte pijp. 'Een mooie trui heb je daar aan,' zei hij midden in mijn relaas, 'is die nieuw?' Tante Jaanne was voortdurend aan het telefoneren met het kantoor, waar Hansje werkte. Hij zou daar die nacht blijven: ik hoorde, hoe ze hem beloofde beddegoed en eten te zullen brengen. Ik nam de hoorn op haar verzoek over. 'Geloof maar niet, dat wat jij zegt, hoge, bijzondere Simontje, dat dat ook maar iets te betekenen heeft,' zei de stem aan de andere kant. 'Wel wel,' antwoordde ik, glimlachend, want tante Jaanne hield mij scherp in het oog. 'Dat mens zeurt zo geweldig,' ging hij voort, 'zeg haar maar van mij, dat ze een verschrikkelijke, oude zeurkous is.' De hoorn had een zeer helder geluid en daarom trommelde ik met de linkervoet op de grond. 'Ja, inderdaad,' zei ik luid, 'ik kan me dat wel indenken, heel aardig.' 'Wat bedoel je?' vroeg hij. 'Juist,' zei ik, 'dat je in ieder geval voorzichtig bent, maar dat ben je wel, hoor ik. Dag! Tot ziens' en ik legde de hoorn op de haak, hoewel Hansje opeens heftig was gaan schreeuwen, waarbij fluitende bijgeluiden optraden.

'Nou, wat zegt hij?' vroeg tante Jaanne. 'Hij zegt,' betoogde ik, 'dat we allemaal zenuwachtig zijn en dat we elkaar gekke dingen zeggen. Maar je moet beslist niet ongerust zijn, zegt hij. Het spreekt vanzelf dat hij binnen blijft. Met een dag is alles over, zegt hij.' 'Jij mag nog eens telefoneren,' zei tante Jaanne voldaan. Daarop keek ze naar buiten en zei: 'Niet ongerust zijn, niet gek.'

Vier dagen daarna kwam tante Jaanne op bezoek voor mijn moeder, die ergens bij kennissen was en elk ogenblik terug kon komen. Toen ze zat te wachten, kwam ook de dikke goochelaar, die om de hoek woonde, boven. Hij floot op de trap altijd de melodie, die aan de uitzending van Londen voorafging. 'Je moet niet zo op de trap fluiten,' zei ik, 'je hebt er niets aan en het is gevaarlijk.' Toen hij de povere berichten had aangehoord, zei hij: 'Ik geloof wel dat ze het verliezen, alleen weet ik niet of het voor of na mijn begrafenis zal zijn.' Hij trilde van het lachen en vertrok, op de trap luid de melodie fluitend. Nauwelijks was hij weg, toen mijn moeder thuiskwam.

'De dochter van Parkman is dood,' zei tante Jaanne toen pas. Ze vertelde, hoe de dochter van een overbuurman met haar echtgenoot samen vergif had ingenomen. De man was in het ziekenhuis bijgebracht en was reeds herstellende. 'Hij schreeuwt en ze moeten hem vasthouden,' zei tante Jaanne. 'Wie zou ze bedoelen, de vader of de schoonzoon?' dacht ik.

De maand Juni was zeer mild, een stralende voorzomer. Op een van de middagen, dat mijn moeder zat te breien voor het open raam, kwam tante Jaanne met Otto binnen. Ze zag bleek en de huid van haar gezicht, gebarsten, was als gekalkt, hoewel ze geen poeder gebruikte. 'Moeder, moeder!' riep Otto ongeduldig. 'Je bent een lieve jongen, houd je even stil schat,' zei tante Jaanne.

Ze kwam een gebeurtenis vertellen, die een neef van haar overkomen was. Hij had, fietsend door de binnenstad, een fout tegen de verkeersregels gemaakt en was door een gedeeltelijk in burger geklede, gedeeltelijk geüniformeerde man met zwarte laarzen, aangehouden, die bij het opschrijven van zijn naam had gegrijnsd.

Enige dagen nadien was op een avond een donker geklede, niet goed te onderscheiden man bij hem thuis aan de deur komen zeggen, dat hij de volgende dag 's middags voor een verkeersovertreding op een kantoor moest komen, ergens in de binnenstad, om, zoals de man zei, het in orde te komen maken.

Hij ging, maar zijn moeder vergezelde hem. Bij de ingang van het opgegeven kantoor werd ze tegengehouden, haar zoon mocht binnentreden. Na twintig minuten trad hij strompelend naar buiten, brakend, met in het gezicht enkele builen en bloedende wonden en met stof aan zijn kleren, alsof ze over de grond hadden geschuurd.

Voor een hoog bedrag namen beiden een rijtuigje op luchtbanden met een ponypaard ervoor. Thuis stelde de dokter behalve een lichte hersenschudding, een kneuzing van het linker schouderblad vast, terwijl aan dezelfde zijde het sleutelbeen was gebroken.

Men had hem in een kleine kamer laten wachten. De man, die hem aangehouden had, kwam eerst binnen en haalde toen anderen, van wie sommigen gummistokken droegen. 'Dit is een brutaal joch, dat mij voor ploert heeft uitgescholden,' verklaarde hij. Een van de anderen stompte hem onder de kin en allen, zes of zeven in getal, begonnen toen opeens te slaan of te schoppen.

'Opeens begon het,' had hij tante Jaanne verteld. Een man met vet, grijs haar probeerde steeds in zijn buik te schoppen. Hij struikelde bij zijn pogingen om de slagen te ontkomen en kwam op de rug te liggen. Voordat hij een veiliger houding had aangenomen, stampte een van de mannen op zijn borst. Toen hij zich had omgewenteld, stond, naar hij meende, de grijze man op zijn rug.

Toen klonk een schel of fluit, in ieder geval een hoog geluid, dat allen deed ophouden; hij hoorde toen allerlei stemmen, maar van wat verder gebeurde tot hij buiten kwam, kon hij zich niets meer herinneren.

'Je weet,' zei tante Jaanne, 'dat ze bij Jozef thuis het doodsbericht gehad hebben?' 'Nee,' zei mijn moeder, 'dat wist ik niet.' 'Maar ze hebben ook uit het kamp een brief van hem gehad,' vervolgde tante Jaanne, 'met een veel latere datum. Maar nu horen ze niets meer.'

Er werd gezwegen. Tante Jaanne keek naar Otto en zei: 'De dokter heeft poeders gegeven, al twee nachten, hoorde ik van zuster, is hij droog gebleven.' Mijn moeder herinnerde zich het verzuim, dat ze Otto geen prentbriefkaarten had gegeven en zocht er twee in de kast uit: één ervan was bont gekleurd: een buitenlands stadsgezicht met roze hemel.

Hans Boslowits was, toen ik enkele weken later op een avond bij hem kwam, aan het spelen op zijn gitaar. Hij sloeg de snaren met de volle hand aan en wipte met zijn voet op en neer. Op mijn verzoek speelde hij O Jozef, Jozef, maar de uitvoering beviel me niet, want hij volgde de melodie door al te nadrukkelijk 'ta ta ta ta' te zingen, waarbij zijn keel op een dwaze wijze door het opheffen van het hoofd gespannen stond.

'De harteklop van deze maatschappij, die muziek,' zei hij. Op dat ogenblik werd er op het ruitje van de gangdeur getikt. De bezoeker was al de gang ingekomen, noemde luid zijn naam en tante Jaanne riep: 'Ja buurman, kom maar door.'

'U hebt het zeker nog niet gehoord, mevrouw Boslowits,' zei de buurman binnentredend, 'dokter Witvis is dood.'

'Hoe is dat mogelijk?' vroeg tante Jaanne. 'Ik hoorde

het pas,' zei hij, 'gisteravond is het gebeurd.'

Laat in de avond, vertelde hij, had de dokter een scheermes genomen en zijn twee kleine zoontjes elk de pols doorgesneden, waarbij hij hun onderarm in een bak warm water hield, omdat dit het optreden van pijn uitsluit. Nadat de vrouw zichzelf de ader had geopend, sneed hij zijn eigen pols op dezelfde wijze door. Deze gang van zaken had men uit de ligging van de slachtoffers en de aanwezigheid van een tweede scheermes in de hand van de vrouw aangenomen. Men vond de vrouw en de kinderen reeds dood en de vader bewusteloos. De wond gedicht hebbend, paste men in het ziekenhuis bloedtransfusie toe, maar hij stierf nog voor de middag, zonder te zijn ontwaakt.

Toen ik op een Zondagmiddag, laat in de herfst bij de familie Boslowits een half brood ter leen kwam halen, vond ik Otto bij de grammofoon.

'Otto gaat op reis,' zei tante Jaanne, 'niet Otto?' 'Ja moeder,' riep deze, 'Otto op reis!' 'Waar gaat hij in godsnaam naar toe?' vroeg ik.

Tante Jaannes gezicht maakte de indruk door koorts ontstoken te zijn. 'Hij mag niet meer in het kinderhuis en op de school blijven,' antwoordde ze, 'hij moet naar Apeldoorn. Morgen breng ik hem weg.'

Nu pas zag ik, dat de schuifdeuren op de achterkamer openstonden en dat oom Hans daar in bed lag. Het ledikant met witte ijzeren spijlen had koperen ballen op de vier hoeken. Het gezicht van de zieke was mager, maar tevens leek het opgezwollen, alsof het van binnen nat was.

Er stonden op een stoel flesjes medicijn, een ontbijtbord met een mes en een schaakbord. 'Ik was met Hans aan het schaken vanmiddag,' zei hij, 'maar Otto slaat het telkens om.'

Hij bleef ook de volgende dagen te bed liggen en zijn toestand werd ernstig. De winter naderde en de nieuwe dokter verzocht een flinke verwarming der vertrekken. Lange tijd kon oom Hans zichzelf nog naar het closet begeven, maar op de duur moest hij geholpen worden.

'Die man is zo krankzinnig zwaar, ik kan het niet,' zei tante Jaanne. 'Hij werkt trouwens tegen.'

Na Nieuwjaar raadde de arts met klem opneming in een ziekenhuis aan en in het begin van diezelfde week nog werd hij overgebracht.

'Hij heeft het werkelijk uitstekend,' vertelde tante Jaanne aan mijn moeder na een bezoek, 'en doktoren, verpleegsters, allen zijn even aardig.'

'Hij heeft geen voorstelling van alles meer,' ging ze even daarna voort, 'ik begrijp niet, wat die man bezielt. Hansje heeft sinaasappels voor hem meegenomen, die kon hij kopen van iemand op de zaak. Hij zegt: vader die kosten zestig cent per stuk, denk eraan, dat je die opeet. Maar hij heeft er geen één opgegeten en ze allemaal weggegeven. Natuurlijk dat je wat deelt, maar dit is toch wel om kwaad te worden.'

'Van morgen af moeten we om acht uur binnen zijn,' zei tante Jaanne op een dag in de voorzomer tegen mijn moeder, 'wil jij op de avondbezoekuren gaan? Ik haal het niet en wat heeft Hans eraan als ik na drie minuten al weer weg moet? Dan blijf ik overdag maar iets langer, dat vinden ze wel goed.'

'Hij ziet er goed uit, hij wordt dik,' zei mijn moeder, toen ze de eerste keer op bezoek was geweest en bij tante Jaanne thuis dezelfde avond verslag uitbracht. Deze had echter weinig aandacht. Hansje was nog niet thuis, en ze verzocht mijn moeder ergens te gaan opbellen naar zijn kantoor, omdat men zopas haar telefoon had afgesloten.

'Laat Simontje naar het kantoor gaan om te zien of hij daar nog is.' Juist wilde mijn moeder aan dit verzoek gevolg gaan geven, toen Hansje binnenkwam.

Er was een afzetting van de straten geweest en men had hen op het kantoor gewaarschuwd. Toen alles rustig scheen, was hij vertrokken, maar halverwege had hij in een openbare waterplaats zich moeten verbergen. Tenslotte was het acht uur geworden en het laatste deel, door onze buurt, had hij hollend afgelegd.

'We kunnen niet meer de stad uit,' zei tante Jaanne op een avond, toen ik haar kwam zeggen, dat de eerstvolgende vrijdagavond mijn moeder verhinderd was oom Hans te bezoeken. 'Vraag aan je moeder of ze deze week naar Otto wil.'

De volgende dag, op een Woensdagmiddag, kwam tante Jaanne bij ons. 'Ze inventariseren,' zei ze. Toen mijn moeder haar had verzocht te gaan zitten en haar een kopje appelthee had ingeschonken, vertelde ze, dat bij alle buren op haar trap de inventarisators waren geweest, twee mannen met elk een aktentas. Ze hadden alles bekeken en opgeschreven. Op de trap vonden ze het vijfjarig zoontje van de buren van de eerste verdieping, dat met een klein, donkerrood beursje speelde.

Een van de beide mannen ontnam hem dit, opende het en haalde er een nikkelen stuiver en drie kleine zilveren munten uit, waarna hij het teruggaf. 'Die ene is geen kwartje,' zei het kind, 'het is een ding van vroeger, zegt vader.' 'Hou je maar heel stil, kleine,' had de man toen gezegd, 'heel stil.'

Of tante Jaanne het bonzen op haar deur niet had gehoord, was niet na te gaan: in ieder geval waren ze verdwenen zonder haar woning te hebben bezocht.

Ze vroeg me onmiddellijk mee te gaan en liet me, verpakt in een koffer, een Friese klok, antiek aardewerk, twee ivoren gesneden kandelaars en de twee wandtegeltjes meenemen. Ik bracht alles naar ons huis en keerde nog twee keer terug om oude wandborden, een fototoestel en een fraaie, kleine spiegel te halen.

Elke veertien dagen ging mijn moeder naar Apeldoorn om Otto in het grote gesticht te bezoeken, meestal op een Dinsdag. De eerste keer zat tante Jaanne bij ons thuis 's middags op haar terugkomst te wachten. 'Hoe was het?' vroeg ze mijn moeder. 'Hij ziet er best uit,' antwoordde mijn moeder, 'en hij was zo blij, dat hij me zag. De zusters zijn allemaal even lief voor hem.'

'Vroeg hij niet naar huis?' vroeg tante Jaanne. 'Nee, helemaal niet,' zei mijn moeder, 'en hij speelde leuk met de andere kinderen. Toen ik wegging, keek hij wel een ogenblik verdrietig, maar dat je zou zeggen dat hij iets mist, nee, dat niet.'

Ze gaf tante Jaanne een uitvoerige beschrijving van haar ontvangst bij de verpleegster van de afdeling; hoe ze het lekkers ter verdeling had afgegeven, maar een gedeelte, te weten een zak kersen, aan Otto ter hand gesteld, toen ze met hem in de zon op het bospad rondwandelde.

'Ik voerde hem er aldoor een paar,' zei ze, 'maar hij wou ze liever zelf uit het zakje nemen. Ik was aldoor bang, dat hij het sap op zijn kleren zou morsen, maar dat viel mee.'

Later, toen tante Jaanne weg was, vertelde ze mij, dat de jongen slordig was aangekleed en dat zijn broek, in plaats van door bretels of een riem, door een touw werd opgehouden. 'En de schoenen,' zei ze, 'ik snap niet, dat die zo idioot aan de voeten kunnen zitten. Er is te weinig personeel, maar de mensen doen hun best.'

Ook beschreef ze me, hoe Otto een paar keer had gezegd: 'Naar moeder.' 'Moeder is thuis, die komt nog wel eens,' had ze geantwoord. 'Moeder thuis,' had hij toen geroepen. Hij had gehuild, toen ze laat in de middag was weggegaan.

Een week daarop kwam tante Jaanne terstond na het eten 's avonds bij ons. 'Ze zijn begonnen op te halen,' zei ze, 'ze halen op. Geen oproepen meer, ze halen ze direct,' zei ze. 'De familie Allegro is gehaald. Ken je ze?' 'Nee, die ken ik niet,' zei mijn moeder.

Tante Jaanne verzocht mij onmiddellijk naar het ziekenhuis te gaan en een verklaring te vragen, dat oom Hans ernstig ziek was. Ik ging en werd bij de grote ingang verwezen naar een van de paviljoenen, waar ik aan een kantoor mijn briefje afgaf. Na tien minuten ontving ik een gesloten, witte envelop. Ik bracht deze bij tante Jaanne thuis.

De volgende avond verscheen ze voor de tweede maal. Ze vroeg me, of ik opnieuw wilde gaan. 'Er staat in, dat hij ernstig ziek is, dat moet zijn: levensgevaarlijk ziek,' zei ze. 'Ik weet niet of ze dat erin willen zetten,' antwoordde ik, 'maar we zullen zien.'

Nadat de hoofdverpleegster tante Jaannes briefje en het eerste attest in ontvangst had genomen, reikte ze me na een kwartier wachten, een nieuwe brief aan.

'Weet je wat het is, Simontje,' zei tante Jaanne op de avond twee dagen later, 'je moet nog een keer gaan en vragen, of ze een heel nieuw bewijs maken, waarop de aard van de ziekte vermeld staat. De aard van de ziekte. En niet in het Latijn, maar desnoods in het Duits, in ieder geval, dat het te begrijpen is.'

Ze gaf me het laatste attest terug, maar geen begeleidend briefje. Ik vertrok opnieuw naar het ziekenhuis.

'Mevrouw Boslowits vraagt, of de aard van de ziekte

erin vermeld kan worden,' zei ik, 'liefst niet in het Latijn.' De hoofdverpleegster nam de envelop aan en kwam even later terug. 'Wilt U even wachten?' vroeg ze. Na enige tijd ontving ik een zelfde, gesloten envelop.

Ik bezorgde deze terstond en vond tante Jaanne en Hansje beiden voor het raam zitten. De kamer was bijna geheel donker. De overgordijnen waren open, de vitrage was weggeschoven en uit de erker overzagen Hansje en zij de straat.

'Kijk dat is fijn,' zei tante Jaanne, toen ze het papier had gelezen. 'Dacht je dat dat iets om het lijf heeft?' zei Hans. 'Waarachtig,' antwoordde ik. 'Hij weet het, hij weet het,' zei ik bijna hardop. 'Wat zeg je?' vroeg tante Jaanne. 'Ik neurie,' zei ik.

Niet alleen mijn moeder, ook andere kennissen van de familie Boslowits, die 's avonds langs kwamen, spraken met sombere verbazing over de toestand daar in huis. 'Het is net als in een spookhuis,' zei mijn moeder.

Geregeld ging ik 's avonds langs en steeds was alles hetzelfde. Het aanbellen, het van het slot draaien van de binnendeur en als ik in de gang trad, was tante Jaanne al weer binnen. Kwam ik in de huiskamer, dan zat voor het linkerraam van de erker tante Jaanne, voor het rechter Hansje. Was ik eenmaal binnen, dan verliet tante Jaanne voor een ogenblik haar post, schoot de gang in en sloot de binnendeur op het slot. Wanneer ik wegging, volgde ze me, sloot de deur achter me en als ik op straat stond, zag ik ze reeds weer, als beelden, voor het raam zitten. Ik maakte dan een wuivend gebaar, maar ze reageerden nooit.

Op een Dinsdagmorgen kwamen buren ons zeggen dat de vorige avond om half negen twee agenten met zwarte helmen op, gekomen waren. Tante Jaanne had ze het attest uit het ziekenhuis getoond, dat de een met een zaklantaarn had belicht. 'Wie bent U?' had hij Hansje gevraagd. Toen deze zich bekend had gemaakt, zei de ander: 'Hij staat niet op de lijst.' 'U moet allebei mee,' had toen de eerste gezegd.

Toen men oom Hans het bericht bracht, zweeg hij. Men dacht, dat hij het niet gehoord of niet goed begrepen had en herhaalde het enige malen met nadruk. Hij probeerde zich op te richten en toen men hem een kussen in de rug had gezet, keek hij uit het raam. Eindelijk gingen de bezoekers, een vriendin van tante Jaanne met haar dochter, weer naar huis.

Op zekere dag kwam een buurvrouw bij ons. 'Ze halen de Invalide leeg,' zei ze. Ze had gezien, hoe honderden zeer oude mensen van de trappen uit het gebouw in gereedstaande auto's waren gedragen en hoe een twee-ennegentigjarige man, die ze wel van vroeger meende te kennen, had geroepen: 'Ze dragen me op de handen!' 'Het Apeldoornse Bos is gisteren ook leeggehaald,' zei ze.

'Wat heb je gezegd van Otto,' vroeg ik mijn moeder, toen ze van het volgende bezoek aan oom Hans was teruggekeerd. 'Zoals het is, dat alles is weggehaald,' zei ze. 'Hij hoopt maar, dat hij direct doodgemaakt is. De doktoren en verpleegsters zijn bij de patiënten gebleven, wist je dat?' 'Nee,' zei ik, 'dat wist ik niet.'

Aan het begin van de daaropvolgende week huurde een vriend van oom Hans een rijtuig en bracht hem uit het ziekenhuis over naar een zolderkamer in de binnenstad, die hij bij kennissen in gereedheid had mogen brengen. Hij haalde ook de invalidewagen, waarvan de banden reeds waren afgestolen, 's avonds laat uit het portaal van oom Hans' huis. Vier dagen later reeds werd de woning leeggehaald, maar men sprak af, het oom Hans voorlopig nog niet te vertellen.

De zieke lag in zijn nieuw verblijf alleen, maar een verpleegster kwam tweemaal daags hem verzorgen. Slechts weinigen kenden deze verblijfplaats.

Gedurende de zomer ging alles, zoals men mocht hopen dat het gaan zou. Toen de herfst gekomen was, moest men een ander onderdak voor oom Hans zoeken, omdat in het vertrek geen kachel gestookt kon worden.

Men slaagde erin hem een plaats te bezorgen in een tehuis voor ouden van dagen. Er zou voor de papieren gezorgd worden.

Toen men hem de beslissing mededeelde, toonde hij zich teleurgesteld. Hij verklaarde, liever bij vrienden ondergebracht te willen worden.

Soms scheen hij niet te weten wat hij zei; tegen de verpleegster zei hij op een middag: 'Weet je nog wel, toen ik zevenentwintig was? Nee, ik bedoel in 1927, ik weet het nauwkeurig dus...' en daarop bleef hij in gepeins liggen.

Op een Woensdag bezocht hem een kennis, een tekenares. 'Jij vindt die atlas zo mooi, niet?' vroeg hij. 'Wees maar eens eerlijk.' Hij bezat een atlas van de kaarten der wereld, die voor zeer uitgebreid en kostbaar gold en die door kennissen nog uit zijn woning was gehaald.

Toen de verpleegster 's middags kwam, zei hij: 'Neem die atlas mee, die heb ik aan Ali gegeven.' 'Dat is onzin,' zei ze, 'die is veel te mooi om weg te geven.' 'Neem hem mee, zeg ik,' zei hij en vroeg nog iets te drinken.

De volgende dag kwam de dochter van de vriendin van tante Jaanne en vond hem slapende. 'Hij slaapt,' vertelde ze thuis. 's Avonds kwam nog de verpleegster, vond hem in rust, voelde de pols en vertrok tevreden. De volgende morgen kwam ze op de gewone tijd terug en vond hem koud. Ze tilde het hoofd op, waarvan de weinige haren nat aanvoelden. De dunne mond was gesloten en de bril gaf het gezicht een onwezenlijke uitdrukking.

'Ik begreep alles niet direct,' vertelde ze later, 'en ik dacht iets vreemds te horen, maar het was een stofzuiger, helemaal beneden.'

Toen ze het lege doosje naast het uitgedronken glas zag liggen, begon ze iets te begrijpen. Ze berekende echter, dat het niet meer dan vier slaaptabletten bevat kon hebben. Er bleef geen andere slotsom over, dan dat hij er geregeld één achtergehouden had en zo een voorraad had gevormd.

De vriend, die hem uit het ziekenhuis had gehaald en de man, die de kamer had afgestaan, droegen samen 's nachts het lijk de trap af en lieten het dicht bij huis, aan een touw, zonder geplas in de gracht zakken, waar het terstond zonk, zo is het mij verteld.

Beiden keerden snel in het huis terug, waar ze samen met de verpleegster tot vier uur in de morgen wachtten om naar huis te kunnen gaan.

Tot die tijd besprak men alle dingen: de afstanden der planeten, de vermoedelijke duur van de oorlog en het al dan niet bestaan van een god. Ook namen beide mannen kennis van de mededeling van de verpleegster, die wist te vertellen, dat het geld van oom Hans zeker nog tot een jaar onderhoud had kunnen strekken. 'Dat is de reden niet geweest,' zei ze.

INHOUD

Werther Nieland 5
De Ondergang van de Familie Boslowits 81